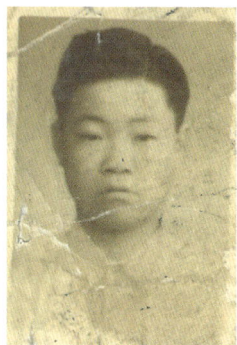

从修鞋匠到"铁裁缝"

一位劳模父亲的故事

安谅 著

百花洲文艺出版社
BAIHUAZHOU LITERATURE AND ART PRESS

图书在版编目（CIP）数据

从修鞋匠到"铁裁缝"：一位劳模父亲的故事 / 安谅著. --
南昌：百花洲文艺出版社，2020.2
ISBN 978-7-5500-3704-5

Ⅰ.①从… Ⅱ.①安… Ⅲ.①纪实文学－中国－当代 Ⅳ.①I25

中国版本图书馆CIP数据核字(2020)第013375号

从修鞋匠到"铁裁缝"：一位劳模父亲的故事

安 谅著

出 版 人	章华荣	
责任编辑	郝玮刚 蔡央扬 程慧敏	
装帧设计	黄敏俊	
制 作	周璐敏	
出版发行	百花洲文艺出版社	
社 址	南昌市红谷滩新区世贸路898号博能中心一期A座20楼	
邮 编	330038	
经 销	全国新华书店	
印 刷	江西千叶彩印有限公司	
开 本	710mm×1000mm 1/32 印张 5	
版 次	2020年2月第1版第1次印刷	
字 数	92千字	
书 号	ISBN 978-7-5500-3704-5	
定 价	33.00元	

赣版权登字 05-2020-18

邮购联系 0791-86895108

网 址 http://www.bhzwy.com

图书若有印装错误，影响阅读，可向承印厂联系调换。

目录

附 1

思念片羽

附 2

父亲是原型

父亲往事

子多年前我
借用新 强人
说法写了一
题为《真
情"沪二代"

子多年前，我
用新疆的说法，
写了一篇题为
情"沪二代"

故事，发

新民晚报

毫不夸张

，之前从无

表述，之后，

不同场所渐

所耳闻

的父

中

是我感

尽，学无止

真正的"父

"。

于父亲生前

他是年

小火车

逃难的

扬州乡

父亲是"沪一代"

好多年前，我借用新疆的说法，写了一篇题为《真情"沪二代"》的故事，发表在《新民晚报》上。毫不夸张地说，对"沪一代""沪二代"，之前从无如此表述，之后，在不同场所渐渐有所耳闻了。我的父亲就是我心目中的"沪一代"，也是我感恩不尽、学无止境的真正的"父一代"。听父亲生前说过，他是年幼时趴着小火车顶，带有逃难的性质，从扬州乡下，来到大上海的。我在父亲故世之后，曾多次扫墓祭祖。但每次都来去匆匆，父亲一辈的老人也大都作古，我只是只言片语地获得一些有关家族和父亲的往事。我也曾无数次地想象，父亲当年从这个江都仙女镇闵伙村出发，到扬州火车站几十里地，是怎么走过去的。悄悄进入火车站，偷偷爬上这奔向上海的小火车（感觉应该还是小货车），在顶上差不多快一整天了，这又是怎么熬过来的？

那年他14岁。我14岁时，无忧无虑地念初中了。早晨，父母让我洗漱好，穿戴整齐，喝了泡饭，带上一副大饼油条，去不远的学校窗明几净的课堂上课了。我从未见过一面的爷爷那时病故了。父亲和比他大不了几岁的伯伯，不愿在家饿肚子了，他们辞别了我奶奶，要去闯荡一番。

在火车顶上，他们紧紧攥着车顶上的铁条，几乎不敢动弹。小火车速度显然不算太快，但顶上狭小、滑溜，稍不留神就可能滚落下来。过隧道时，就得全身紧贴车顶，丝毫不敢抬头。车进站时，还得做如此姿态，不然，被发现了，就半途而废了。

我去老家那年，沪宁高速和到江都的高速公路已贯通，小车坐了不到 3 小时，身子仍觉疲乏。这小火车顶上的滋味，我怕是难以体会的。

也不知道是什么季节，有无风雨。即便是风和日丽的日子，这趟车顶上的旅行，也不啻是一场人生的冒险。这"沪一代""父一代"的艰辛困苦，应该由此可见一斑的。

父亲进城了。此时身无分文，举目无亲。那时正是国民党执政的年代，时局混乱，世事茫然，未来令人忧心忡忡。父亲站在这泥沙俱下的黄浦江边上，前景犹如江面上腾起的云雾，也是一片迷蒙的。而少年的丧父之痛，是深重的，如同天塌地陷，彻头彻尾的。我也无法揣摩父亲那时的心境。简单用一个悲凉的字眼，也不可能准确地概括他的情感。因为，父亲也就是从那时开始，艰苦创业，辛劳持家，一步一个脚印成就了那个年代的光荣业绩，把男子汉的精神，写在了这座城市。毋庸置疑，一股少年壮志不言愁的豪气，一定也曾回荡在他的胸中。

"沪一代"是真正不容易的一代。我周遭许多人，有的是老祖宗就是老上海了，有的也可以称为"老土地"了，哪个年代的先辈来的，都无从查询了。我也见过许多像我这样的"沪二代"，父辈们不听命、不屈服于天地的束缚和生活的穷困，他们走出来了，无所依靠，开天辟地。向往美好的生活，从来都是大写的人的追求。

十多年前，我曾写过一首诗，发表在《解放日报》的《朝花》副刊上，里面有一段："趴在小火车顶上 / 随着年幼的哥哥告别农村 / 父亲完成了向大城市的移民 /

从此福荫子孙"。时任《朝花》主编的牲民兄告诉我，好多人读了颇为感动，有的人还向他打听，作者是何许人也，想结识为友，深入交谈。我想，那是因为我们对"沪一代"和"父一代"的恩泽，都是感同身受的吧。

父亲的工匠心

父亲在上海,最早跟人做学徒、学修鞋。他勤快、用心,很快学会了手艺,开始自己设摊接活。修鞋摊设在老南市的四牌楼,人来人往,市口不赖。父亲手艺愈来愈精到,待人又诚恳,说好何时修好,就何时修好,有时当场给人家救个急,"手到病除",顾客笑颜顿开。他要价低廉,又颇重信用,名声也就传开了,"小皮匠"的雅号也传扬开了。以至于有的老顾客多年后还在牵挂父亲,说当年脱了鞋底,其他修鞋铺不光顾,就是满大街找小皮匠,说他技术好,人也实诚,后来听说他已不干这行了,还为此感到惋惜。

父亲摆摊的对街,有一家店铺,老板夫妇观察了父亲好多年,对这位小伙子颇有好感,最后还给他专门介绍了对象。这是一段不可磨灭的荫及子孙的姻缘。此处暂且不表。

父亲不再以修鞋谋生,是因为被招进了上海港。那是二十世纪五十年代中期,百业待兴。他干的是扛袋子的活,几百斤的袋子,干多少拿多少,一天干下来,浑身酸痛不说,什么事都不想干了。父亲是拼命三郎,干

得很辛苦，但听我母亲说，他从不叫苦，而且有机会，他还跟在别人后边学技术，还读了几年夜小学，文化水平虽低，装卸各种机械，几年下来，他都玩得很转了。技不压身，要做就要把它做好。这是他告诫过我的一句话。还有一句话，也是常对我们姐弟说的，就是，不要想空头心思。其意是要我们做人、做事实实在在的，不要去想些不着边际的事。这些话，是我小时候的座右铭，我想，也一定是父亲此生的警策语，他一生都在心无旁骛地实践着。

　　机械化，是推进上海港发展的一个重要环节。从几百上千到万吨货轮，机械的作用不可替代。父亲在车间当抓斗组组长，一直干了好多年。他的兢兢业业，一直感召影响着我。那时家庭电话还未普及，深更半夜，我们的楼下常会有人叫唤："闵师傅，闵师傅，抓斗坏了，请帮忙抢修。"不是父亲坐夜班，现场师傅也一定是没招了，不得不求助于父亲了。他们也知道，父亲从来不会回绝他们的。果然，他二话没说，就一骨碌起床了，

为避免吵醒家人，只和母亲轻声关照一句，就出门了。不管春夏秋冬，无论雨雪风霜，即便第二天一早，他还得很早上班。这一点，他深得众人的赞誉。

为父亲赢得口碑的，还有一件事，就是他想国家、集体所想，精打细算，在抓斗生产和修理中，动足脑筋，小改小革，节约了大量钢材。一块钢板，当年要花费多少人民币呀，他量体取材，绞尽脑汁，常常趴在铁板上好半天，比画细量，还发明了不少裁剪方法。是当年苦干加巧干的典范。我有时想，父亲如此一丝不苟，其形象，不也像一位艺术家一样，在殚精竭虑、精心创造自己最好的艺术品吗？

父亲当年是作为上海的劳模代表，出席在北京召开的"全国工业学大庆"的会议的，回来时受到了敲锣打鼓的欢迎，还做了几场报告。报告还通过港区的广播，连续播放了好几天。父亲的同事——几位叔叔、阿姨都说："你爸爸没什么文化，但讲得真好，讲得实在。因为讲的都是自己的话，心里的话。"

媒体上也刊载了父亲的事迹，"抓斗大王""铁裁缝"的赞誉也由此传开了。著名全国劳模，有"抓斗大王"之称的包起帆算是父亲的后辈了，也对父亲极为尊重，称他为师傅。多年之后，父亲仙逝。他与我聊起父亲，言及父亲的精神，他也表示十分敬佩。父亲在世时，

　　我们家的鞋子修补任务都是父亲承担的。冬天的棉鞋，也是母亲纳底，父亲制成成品的。夜晚，我们早早上床了，父亲还在灯下，一针一线地修补鞋子，他要让我们明天起床，就能穿上舒适、温暖、牢固的鞋子，这样，路，才走得坚实！

　　从他修鞋到他工作和生活，我深深感受到了，工匠精神分明就是执着用心、务实创新的代名词呀！

父亲的君子兰

　　父亲在世时，喜欢莳弄花草。当时，家住底楼，窗前可以搭一个园子。父亲精心培育，园子里花团锦簇，不乏名贵的花木，其中一盆君子兰更显超凡脱俗。

　　因为父亲的滋养，这盆君子兰长得真是水灵，整个看起来像绅士一般，无比优雅和高贵。街坊邻居都来观赏，赞美声也是一浪高过一浪。有的人向父亲讨教，父亲也不推辞，真诚地将自己的经验和盘托出。那时，几个一看就不是正经人的同小区的年轻人也来凑热闹。父亲知道来者不善，也是热情欢迎，想用自己的坦诚感化他们。其中一个隔三岔五就来，长得一副猥琐相，让我好生纳闷：这般模样的人怎么也喜欢君子兰。父亲的努力显然付诸东流了。某一个晚上，记忆中并非月黑风高，隐约感觉还有月光闪亮，那盆君子兰就全无踪影了。事情是一清早发现的，这一天父亲有点伤心。我立马想到了那张猥琐的脸，父亲也断定就是他所为。但父亲并未去追究，最后还是释然了。我那时也暗下咒语：这君子兰在小人手上，断是不能长久的。果然，那人还常在父亲跟前凑，为的是求得更多培养君子兰的真经。之后，我对君子兰也更加关注了。哪里有君子兰我都会凑过去看看，不仅看花，还瞅瞅花的主人。不是在寻找我父亲的那一株君子兰，而是在想，这君子兰的主人，有资格养好这名贵的花种吗？非君子又有何才何德，侍奉好它呢。

我也到市场上去察看过君子兰的行情。君子兰这些年一涨再涨，很多人趋之若鹜，但好多都是出于功利目的。像父亲这样真正喜爱又精心莳弄，绝不借君子兰图利的人，却并不太多。君子兰如此，其他花卉树木，也是这样。

我见过几个倒腾名贵花卉的人，和那些在鸡肚里注水的鸡贩一样，手段极其卑劣，利欲熏心，真是与君子兰极不相配。

某一个夏天的正午，我正巧路过当年住过的那个小区，见到了父亲经常打理的那个花园。我特意留神了一下，花园的篱笆破旧了许多，园内也是杂草荒芜，没见到一点像样的花卉。我们举家搬迁已经二十多年了。这园子的主人显然无心养花育草。真是可惜了那块土地。那么，那个偷走我父亲君子兰的年轻人，也应该更懂事明理了吧，那棵君子兰最后他是如何处置了呢？面对君子兰，他是否会对当初不善的举动感到羞愧呢？我回望着这个有些陈旧的小区，心生几分悲凉。

现在父亲已升入天堂。那个小人的面相我也已模糊淡忘。但有一种记忆、一种感悟却随时间推移，愈益刻骨铭心。在这世界上，占据名贵鲜花的人并非都有高贵和美好的心灵，自然也并不都是善人。记住这点太重要了。

父亲的狮子头

　　父亲的掌勺功夫确实不赖。二十世纪七八十年代，如果家里有一桌丰盛的菜肴，不是逢着大事，就是大过年那天了。那时，爸爸就把功夫用上了，拿手菜一一亮相。红烧狮子头就是一绝。

　　父亲或母亲上菜市场挑选的肉材，肥瘦恰如其分。然后剁碎，拌以葱姜之类，蒜末则不在此列，我们家人皆为南方人，似乎与大蒜不太搭界，家里鲜见。做蛋饺的肉馅也类似，切得碎而不干，攒成一个比乒乓球大些的肉丸子，松软而不散。放入油锅里煎炸，那是父亲亲自掌勺的，待油水金黄，肉香扑鼻，肉丸子表皮深红而不起焦，便捞出油锅，再往锅里略加清水酱油煮熟，稍加些味精等调料。差不多半小时多些，便可出锅装盘了，一个个敦敦实实的，滚圆饱满，令人垂涎欲滴。

　　咬上一口，嘴上油而不腻，狮子头外表色重，内里稍浅，不咸不淡，软硬可口，有点嚼劲，更是刺激了牙神经，进而也更激发了味蕾。我一口气可以吃上四五只，吃了之后，意犹未尽。

　　好在过年时父亲做了几十只狮子头，做成半成品，搁在两只超大的碗盘里，以后每餐夹出若干，加上蔬菜，煮熟了，便端上了桌，当仁不让地成为这一桌的主菜，骄傲地圆满着。

我曾猜想这狮子头名称的来历，似乎说法很多。后来再联想，发觉狮子头本身要比那些肉丸子之类的更显傲气，表面和内里都有一种狮子大王般的豪气、霸气，在餐桌上一露面，在各种菜肴之中，就显露出某种不凡的气概，因此也更引人注目。同时，我也发现，能做狮子头的人，都会为拥有此招而骄傲。汪曾祺先生曾撰文

提及，周恩来总理是淮安人，会做狮子头，曾在重庆红岩八路军办事处做过一次。他对大伙说："多年不做了，来来来，尝一尝。"汪老评说道："想必做得很成功，因为语气中流露出得意！"政治大家尚且如此，作为一位持家的老劳模，父亲自然也是乐在其中，也是为此感到自豪的，家人亲朋都对这狮子头欲罢不能，赞不绝口，这也确实是值得骄傲的。

二十世纪改革开放后，日子好过了些，父亲做狮子头的机会愈来愈多了。每逢节假日，都能品尝到这一美食，即便因为减肥等原因，对吃肉有所顾忌，但这狮子头一上桌，男女老少还是禁不住伸出了手中的筷子。

父亲辞世了。再也不可能享受他的狮子头了。外面饭店、单位食堂的狮子头，我也几乎不再触碰。幸亏母亲、姐姐也曾跟着父亲学了一些。有时过节，她们也会在家悉心地制作和烹饪，味儿也不错。只是我时常十分怀念那入口有味的狮子头，也特别想念在天堂的父亲。

朝开暮落的木槿花

幼年时，家住楼房底层。父亲就搭设了一个小院子，种些花草什么的。

当时有一种花，列植在院子的篱边。每逢夏秋两季，就盛开得很热烈。大多是淡黄色的，花瓣实沉，也多纹路，呈倒卵形，颇具朴素淡雅之质地。

父亲告诉我，这种花俗称喇叭花，比较常见，很容易生长。

那时年少懵懂，只是觉得这花朵儿不俗，令自家的院落变生动鲜艳了，就像接纳了新同学一样，欢欣地接纳了它，但也未及很好地鉴赏甚或探究。

只是每天早上都观赏到它的饱满丰润，它的婀娜多姿，它的绚丽夺目，和它对我的笑吟吟的相迎。

以后，又迁居过几次。有一次，还是在底层居住，窗前正巧也有一畦空地，闲不住的父亲又动手围筑了一个院落，自然少不了种些花花草草。那些年的夏秋，喇叭花又一簇簇绽放了，让这个冷清的小区倍增生气和活力。连过路的行人，也禁不住要停下步履，观赏一会儿，赞叹有加。这花并不浓艳，却憋足了劲似的，茁茁地舒展，纯纯地吐芽。那会儿，常常是早上与它会面，傍晚放学回家，贪玩直至深夜，也就无暇顾及它的状态了。

　　还是很多年之后，我才知道这花的真名，叫木槿花。一个挺有韵味的花名。而且，我还知道了它的诸多特点。其中一点真令我十分惊讶：它竟然是当天开花，当天就萎谢了。生命何其短暂！这美好无比却又大方平常的花儿，太出人意料，也太神奇了！

这粗生易长的花卉，属落叶灌木或小乔木。它花开满树。花骨朵儿也十分带劲，含苞而怒放，有一种精气，是其他花儿无可比拟的。

只因它每一天的凋谢，就是为了明天重新的绽放！

清晨蓬勃地升起，夜晚就悄悄地消逝。这多像太阳，日出日落，从而，每一天太阳都让人感觉是崭新的。

这木槿花，也每一天都是新的！它给每天的世界带来的就是完满和鲜艳！它默然地开放着，朝开暮落，即便没有人关注，不忌讳什么讥讽说笑，也不在乎是不是被人所理解。它从无计较和丝毫的怨言，它自始至终都遵循着一种规则，像人类一样日出而作，日落而息。每一天阳光苍临时，也就是它精神抖擞地亮相的时辰。而每一天黑夜到来时，它也悄悄退却了，这退却，是为了催发明天更加华美的时光！

跌宕起伏，抑扬顿挫，就像一个人一样，有高潮，也必有低潮。有上坡，也定有下坡。这一切都算不了什么。它兀自灿烂地开放和匆匆地退场，每一天周而复始，演绎着木槿花独特的魅力和光芒！

我们经过一天紧张而又忙碌的工作。夜晚总是疲惫的双腿，承载着一躯疲劳。但明天依然是鲜活的、充沛的、意气风发的。就像又一次脱胎换骨，就像那木槿花一样！

那年，一个暮秋的傍晚，我在小区里瞥见两位老人相互搀扶着，在蹒跚行走。其中一位面容和蔼的老人似曾相识。朋友悄声告知，那人是知名的艺术家。边上的那位，是她的爱人。哦。我随即又注视了他们一眼。女艺术家略施薄粉，慈眉善目，面含微笑，目光柔和，在老爱人的相助下，虽显羸弱，但步履迈得还算沉稳，仿佛有一种力量在迸发。朋友又耳语道："这位艺术家前段时间罹患重病。这些日子稍见好转，她就开始以慢走代替运动了。而且，她每次外出，都必修饰一番，保持着一种风采，天天如此。家里人劝她不用太认真。她笑曰，'老天既然没把我叫走，我就得每天美丽一回！'"朋友又说，"你看她老爱人也是整洁的衣饰，连头发都一尘不染！真是一对绅士和淑女！"

我不禁向他们致以发自内心的注目礼！

我微博的私信里，至今还保留着一位年轻帅哥的哀叹。他觉得每天都无聊、无趣，机缘匮乏，运道极差，做什么都很没劲。他说他晚上在酒吧和靓女们猜拳行令，酩酊大醉，一直折腾到了凌晨，然后回家睡觉，到了中午还懒得起床。

我曾委婉地劝他，每天起居应规律有序，早上读读英语，少拈花惹草的。他喜欢音乐，还可以创作歌曲。他回复我，没意思，"神马"都是浮云呀！花草也很无聊呀！

我一时爱莫能助。

有一次，路过旧居。我特意留神那个父亲曾经倾注了心血的院落。很遗憾，一片破败颓势。显然，漫长的时日无人打理了。而那依篱笆而植的木槿花，也消失殆尽，不说花，连一株藤蔓都无从见到了。我心有感伤。人生无常，世事也骤变。谁能真正地看得到明天、明年，甚或是一百年之后？

我想到了木槿花，那朝开暮落本就充满哲思的木槿花。它也无法洞悉自己的明天、明年及未来，但它每天使出浑身解数地盛开，常开常新，以此展示自己的美丽，体现自己的生命价值。这难道不应是我们每个人效仿的生活态度和生存方式吗？父亲，就是这样一位具有木槿花品性的人。

那天，我将木槿花推荐给了那位小帅哥。不知道他是否按我的提议，去公园寻觅那花骨朵儿了呢？

我知道，万紫千红，世界万物，时下他最需要的，确实就是木槿花！

父亲的居所

　　每个人的居所，一生中大概总会有数次变迁。且不说兵荒马乱的年代，很多人居无定所，流离失所，迁徙频频，渴望的多是一份安定和平静。和平年代，居室的逐步改善，当是百姓基本的生活目标，自然也成为乔迁的主因。而每每想起父亲的生活居所，心里总有一种酸楚，一份深深的、无法抹去的歉疚。也总为父亲的爱人、护家，及其敦厚、朴实的品性而感叹不已。五十多年前，父亲从农村走来。繁华的都市容纳了他，却无法为每一位从农村走出来的孩子，都提供宽敞、舒适的居室。父亲先是寄身在别人的屋檐下，而后，较长的时间租借了一间几平方米的民舍，靠着自己的祖传手艺维持生计。直至与母亲相识、成婚，那破矮的陋室，给他们遮风挡雨，护佑他们相濡以沫的生活、他们的希冀，以及后来大姐的呱呱坠地。

　　父亲来沪后的第一次举家搬迁，得益于二十世纪五十年代职工住宅的大兴土木。那时，父亲已成为港区正式职工。一家三代，包括乡下来的老祖母，就靠他一个人艰辛地工作，养家糊口。什么乔迁之喜几近奢望。那时，有几套住宅分配指标下到车间，同事之间争得十分厉害。老实巴交的父亲则无意竞争，一个人埋头干活。那些人争不出结果，提议抓阄决定归属。父亲自然也被喊去抽了一份，居然就中了一套。虽然一个单元仅七八个平方米，厨卫几家合用，可这在当时也是人人羡慕的。

　　那套居室给家人带来无限宽慰。父亲把最好的靠窗的位置留给了他母亲，那时她因患病卧床不起，格外需要眺望窗外和阳光的青睐。两位姐姐也被安顿得好好的，父亲自己和母亲则紧挨着门搭了一个床。起先还没有我，后来我的出生又加剧了居住的困窘。

之后的一次搬迁，也是因为单位住房的一次集体分配。父亲拿到了最小的一套，16平方米单间，厨卫自然也是合用的。父亲毫无怨言，很是精心地将屋子一分为二。两个姐姐年岁渐长，要有自己相对独立的空间。父母亲和我则挤在了一张大床上。屋子虽小，被父亲布置得很温馨，也常常充满了欢笑。父亲用他的爱，温暖了这个小屋，也滋润和丰富了我童年的记忆。

相比父亲，我们几个孩子有时是不甚懂事的。稍大一些，就觉着屋子太挤，三个人在一张饭桌上做作业，难免磕磕碰碰，因而老是吵嚷着要父亲去想想办法。那时，父亲是市劳模，也是行业标兵，改善一下住房条件，应该并不为过，可这让父亲十分为难。父亲绝不是那种计较个人得失、随时向组织伸手的人。他非常实在，总想为组织多做一些什么，而不是夺取什么。但居住的窘况，也使他甚感不安。他爱儿女，也想多给我们一点什么。他犹豫了好长时间，终于没有启口。直至对劳模的相关政策更加明确，单位领导主动关心，他才正式提出申请。

新房钥匙一到手，全家可谓欢呼雀跃了。增加了几平方米，厨卫又独用了，是很好的改善了。可父亲却觉得遗憾。因为新房在一楼，而母亲盼望着拥有一个哪怕只有一两平方米的阳台。为此，父亲常怀内疚。再后来，父亲又努力多年，终于使母亲如愿。

　　新居室，父亲给我留了一个小间。作为卧室兼书房。那年我刚满十九岁，这样的居住条件在我的同龄人中是少见的。这也可见父亲对我的关爱和期盼。

　　后来，我成家了。婚房是我所在单位增配的。但我这前的我之前的那个小房间，没有任何变化。我明白，父母亲期望我们多回家住住。这样的布置一直延续到多年之后，我又换了新房。而且，就与父母亲住的那幢楼，隔楼可望。我把小屋很好地拾掇了。那屋子才真正为父亲所拥有，改作了老两口的新卧室。

　　也是上帝的不公，不久，劳累了一辈子，还未好好享福的父亲突然脑梗塞全身瘫痪。住院半年多之后，我另租借了一套居室让父亲栖居。那是个能眺望浦江、外滩和港区的居室。父亲神志清醒，但因气管切开不能言语，进食也是通过鼻饲，活得很是痛苦。也只有在国庆节，焰火升腾之时，我们将父亲轻轻抱到轮椅上，推至阳台，让他感受那一份节日的欢欣，父亲才笑了，笑得那么让我们欣慰，又那么让我们心酸。毫无疑问，这是父亲这辈子呆过的最宽敞明亮的居室。倘若他能走动，能言语，也不会同意我们去租借这虽舒适但昂贵的居室的。

　　那天，春雨绵绵。我来到父亲最后的居所，那是一个和千百个人共存的普普通通的墓地。在那个大约一尺见方的狭小阴冷的空间，父亲已待了整整三年。

　　父亲，你感到孤寂、清冷吗？

　　几年来，你竟然没有给我托梦，述说你对寄身之处的不满？

　　或许，因为母亲和我们几个儿女都住得更宽敞、更舒心了，你才如此安然？

　　甚或，你早就明白了人生的最后归宿，才在活着的时候从不为自己的居室斤斤计较、绞尽脑汁？

　　为了居室，朋友可以反目，同事视若路人，兄弟大动干戈，抚育自己长大成人的父母亲也可以不管不顾，夫妻为了动迁多得面积可以搞假离婚……

每当看到这些情况，我总是想起父亲，想起父亲的居所。

一个从农村走来的平平凡凡的父亲。

一个最懂得生活、最认真生活的父亲。

他让我们很多人汗颜。

鲜美的鸡汤

　　二十世纪七十年代，家家都不富裕。京剧《龙江颂》里就有一句台词，是一个村民私下嘀咕的，表达对村支部书记的不满："我们在劳动，她倒在家里喝鸡汤。"可见鸡汤在当时是多么珍贵了。我那时还小，家境也一样不富裕。是夜，父亲下班却提着一只鸡回家了。拔毛、剖肚、去内脏。洗净之后，放进锅里、加上葱姜。不多久，诱人的香味就扑鼻而来。今天究竟是什么日子呀？父亲竟如此破费。第二天，我才从同学那儿知道原委。父亲那时开着铲车，从一个厂区到另一个厂区，要穿过一条马路，那路两边有不少民宅。同学就住在那儿。铲车装备多时，司机部分视线会被遮挡。这天父亲驾车缓缓穿过那条街区时，小心翼翼，左顾右盼。但还是有一只家养的草鸡，忽地钻进了车轮底下，一命呜呼了。鸡的主人很快奔将出来，拦了车不让走，要求索赔。父亲掏出了几块钱，人家还不接受，说这是一只会生蛋的鸡，天天下一个大大的蛋，这么不明不白地死了，损失巨大。无奈，父亲为了息事宁人，也不想耽误工作，就又加了几块钱，那就是高价买了只鸡。这鸡主人终于乐颠颠地走了。

　　这事本来多么懊恼哦，平常真舍不得花钱买鸡吃的，现在却不得已而为之了。父亲这天却没显露出沮丧，什么都没说，不断拣着鸡块、舀着鸡汤给家人，让大家尽兴地品尝。这一顿晚餐，鸡汤真是鲜美，家人都吃得好香。

　　把一场懊恼，变成了全家的喜庆；把一次苦涩，转化为一种鲜美。这就是父亲的生活哲学。

人生首单"心事重重"

人生首次尝到什么是"心事重重"，竟是因为父亲，确切点说，是父亲的"心事"，直接传递给我了，在我年幼的心里，注入了烦恼和担忧。

是念小学那会儿，父母在饭桌上窃窃私语，当我走近时，他们就闭口不言了，脸上的神情则紧绷着，让我隐隐感到一丝不祥。自此，我也揣上了心事，整日心情压抑，总觉得有什么大事要发生，而且事关父亲。上课走神，玩耍无劲，郁郁寡欢。一段时间后，并没有任何灾祸降临，我才渐渐卸去了压在心头的沉重。

多年后，才从父母那儿了解到了事情的原委。这一切还是与那个极"左"的年代有关。父亲那时有位同事加邻居，姓林。他们俩玩得很热乎，业余一起钓鱼、赏花，颇为雅致。但这点可怜的雅兴，在五大三粗的造反派眼里，就是"封资修"的产物了。他们找不着可以斗争的对象，就想到了这两位工友，他们早就瞧出了这两位与他们"格格不入"的味道，他们绝不善罢甘休。这天，他们出动了车辆，戴好了钢盔和铁棒，可谓全副武装，先把林叔叔五花大绑地抓走了。随后，他们又掉头，再出发，一样的阵容，气势汹汹地来抓我父亲了。之前，他们的情报工作也太粗糙了，父亲还在单位上班，他们就径直驱车到我家里了，几十个人，把我们家围得水泄不通。他们有一种哪怕掘地三尺，也要找出我父亲的悍劲。邻居王家姆妈仗义执言，质问他们为什么要抓我父亲，"他有什么大错，辛辛苦苦、本本分分工作的先进职工，你们怎么能想抓就抓！"这位普通女工表现出的凛然，我母亲至今难忘，也因此，我对她充满了敬重。

这拨家伙理屈词穷，见在我家也抓不着我父亲，便上了车，到别处去寻找了。父亲回来了，正好避开了他们的视线和锋芒。王家姆妈出主意，让我父亲找个地方去躲躲。我父亲并不惊慌。他自认根本无错，一个工人老大粗，就不能养花、养鱼了？是劫，也逃不过。他下了班就在家里，什么地方都不去。第二天，照常上班。这事也挺蹊跷，不知什么原因，也许是被王家姆妈训斥过了，这拨人并没再出动抓捕父亲，似乎饶过父亲了。但林叔叔被关在某个地下室，被严刑拷打，最后竟被折磨而死。

若干年后，那些丧失人性的家伙，忽然又开始蠢蠢欲动了。据说，他们想把恶毒的爪子，再一次伸向我的父亲，他们看不惯工作如此卖力，而业余又热衷于钓鱼、养花花草草的码头工人，京剧《海港》里不是在抨击"八小时以外是我的自由"的论调吗？虽然父亲从未说过这话，可这行为无异于在标榜这一观点了。是可忍，孰不可忍，他们准备行动了。

消息不胫而走，父母也觉察到了。他们小声议论着，想着林叔叔的命运结局，而我们三个孩子，一个都没上班，就难免焦虑起来。

　　我稍大些时，在姐姐们的带领下，去过林叔叔的家。那时，林叔叔已冤死多年，他的妻子带着孩子，也搬离了我们所居住的小区，没有父亲支撑的家里，总是愁云笼罩。我们是带着同情之心去探望林叔叔的几个孩子的，他们与我年龄相近。我直觉，他们的童年是不愉快的。

　　灾难又一次不知所以地化解了。可能是那个年代的极"左"在很多地方临近式微，父亲又一次幸免于难。

　　对林叔叔及其往事，父亲曾经深深叹息。他未置一词，

但那曾有过的"心事重重"，他显然不会忘却。他对林叔叔的怀念和对林家子女的关爱，我也能够感觉到。他看到我们这几个孩子主动去林家探望，也表现出默然地赞许。

不久，又一"重重心事"，由父亲，再一次传染给了我。

那是 1976 年 9 月，一代伟人毛泽东与世长辞。当晚听了收音机里的广播，父亲抹泪了。之后好几个晚上，楼上的王伯伯来家里串门，父亲陪着他抽烟喝茶，气氛比往常沉闷。我听见父亲几次叹息："主席走了，不知道这今后会怎么样。"与父亲一样，也是港区党员职工的王伯伯，也忧虑重重。他们都是普通的共产党员，却都在为党和国家的命运担忧发愁。多少年后想到这一幕，我想，这不正是老工人、老劳模的真实朴素情感和家国情怀的体现吗？他们的"心事"是与国家、民族等紧紧相连的！拥有这"心事"的人，是值得尊敬的人。

父亲的老照片

父亲留下的照片有一些，但不算多。我和父亲几次搜罗家里的照相簿查看，没找到他幼年的相片，最年轻的那张，纸面有点褶皱、裂纹，局部见白了，应该是到了上海后才拍的。父亲大约十来岁的模样，有一头茂密乌黑的头发，这说明正青春年少，可见他晚年时前额头发花白稀薄，当是岁月的摧残。脸上不现一丝笑容，对着镜头的目光有点拘谨，也有一点好奇和茫然。从农村乡下，到繁华都市，一切都是崭新的，也是未知的。少年时的父亲，呈现的是一种农家孩子本分和质朴的神情。

有一张他较早的照片，是清瘦而又不失神采的形象。那时已到了三十来岁的光景，我还是绕膝承欢的幼童。他的眉目虽不够舒展，想必全家的生计和其工作的负担，都压实在他的肩膀上，但那份年轻的自信，还是在目光中可以感受到。这都是一些黑白的照片。

父亲的工作照，很少。只见几张。有一次是在报纸上，有父亲的大篇幅的事迹报道，题目记不全了，但有赞誉"铁裁缝"之词，配了一张略显模糊的图片，父亲身着工装，手举着电焊器，站在比人高大的铁抓斗面前，一粒纽扣还松着，他双手放在背后，眼睛微微眯着，迎着阳光，脸上带着微笑。我想这一定是谁随意拉他拍的，拍得匆忙，但也拍出了他在聚光灯下的不太自然。

后来我想找到这张报纸。因忙碌，至今未成。以至于那张图片是否存在，我都有点自我怀疑了。也许那图片中的场景，我幼年时在港区车间见过，从而留下了难以磨灭的印象？

父亲故世后，我整理他的照片，其中几张工作照，真实反映了他的精神风貌。有一张，他带着藤制的安全帽，

站在一个待修的庞大的机械面前，身后站着几位比他年轻的工友，他左手正触碰着机械，脸上的表情是执着的，显然这不是摆拍的。

也有他余暇时在港区的照片，有一张背景是堆着的煤山和几座数十米高的塔吊。他穿着已破旧、泛着灰黑的浅色衬衫，也没抻平拉直了。但拍得随意，就像在自己的家里一样。码头就是他的家。

父亲的照相簿里，集体照特别引人注目。有在获奖旗时，与同事们的合影；也有作为劳模，参加北戴河疗养活动时的集体留念。显然，父亲珍视这些荣誉。那段时间，比较集中在二十世纪七十年代末到八十年代初，正是历经十年浩劫之后，百业待兴，加快"四化"建设的年代。有一张在北戴河海边的照片，父亲坐在海滩上，他欢笑着，一手支撑沙滩，一手拨弄着浪花，难得的闲暇休假时光，让他神采飞扬。

还有一张彩色照片，是表演《码头号子》后的集体照。他和他的队友一起，身穿演出服，红色白边的短袖套衫，黑色长裤，腰系米黄色的长布条，依然精神抖擞，父亲站在后排最左侧，笑得很自然，头发微谢，鬓已斑白。背景是座无虚席的大剧场的观众席。可惜，拍摄者对焦不到位，照片拍得模糊了。记忆中，当年是一位中央领导来沪，点名要观赏这个节目，父亲和这些港区同事，又被紧急召集排练了一段时间，遂又亮相上海大舞台。

父亲与家人的合影，是令我触景生情的。当年，从我们家可以一览无余地眺望南浦大桥主桥施工。父亲对此很关注，也很欣喜。大桥竣工之后，我与父母站在主桥上，以"H"型的桥塔为背景，笑容满面地照了相。建造这座大桥时，我也曾许多次地采访施工工人，桥面沥青摊铺时，正值酷夏，灼热的沥青加上高温天气，其热

难挡。我与工人们一起"战天斗地"，写了好多文字见诸报端。也许，父亲也为自己的儿子所做的一点贡献而感到骄傲？

　　父亲退休之后，曾主动让我找个相机为他拍照。我好生诧异，这不是父亲的性格呀。后来我明白，父亲是要佩戴他的那些奖章，拍一张半身像。我拖延了一段时间，这天正巧有了一台照相机，就为父亲拍了一张。没

见过父亲这么认真地拍照，从衣柜里拿出一件难得一穿的中山装，穿得周正后，又把一枚枚奖章别在胸前。那都是父亲获颁的劳动模范、先进生产者的铁质奖章，时跨 1963 年至 1984 年。父亲抬起头，凝视着前方时，我摁下了快门。父亲的目光和这几枚奖章，都闪烁着一种光芒，我知道这是劳动者倾力奉献的荣光。

父亲虽瘫痪多年，离世也是遽然的。一时我竟找不着一张比较理想的照片，匆忙翻找出了一张黑白的、略带微笑的照片，作为遗像，这张照片也印刻在他镇江栗子山公墓的墓碑上。

多想能为父亲拍上一些晚年慈祥安康的生活照片，然而，这已成为一种不能实现的梦想了。

一个硬汉的眼泪

　　父亲是个劳模，也是一位硬汉。他是那种有难冲锋在前，打碎牙齿往肚子吞的男人。我极少见到他对工作和生活叹息或者埋怨，也轻易见不到他掉泪的场景。用大姐的说法，父亲是"硬质"的人。

　　不过有三次，我是亲眼见到他流泪哭泣了。

　　楼上的阚叔叔，是父亲的同事。我四岁的时候，奶奶病故。父亲的同事来帮忙，其中阚叔叔就是抬棺者之一。他身材颀长，有几分帅气，有一个在苏北农村的妻子，偶尔来沪小住，对我们这些邻居小朋友也挺和气，一看就是贤惠朴实的农家妇人。他们的两个孩子和我差不多年纪，户口在乡下，有时也来，我们玩得也挺热络。

　　那天下午，我们居住的北栈小区（也是港区职工新村）就有传言，说父亲的车间发生工伤事故了。二十世纪七十年代中期，通讯方式是比较落后的，确切的消息一时难以掌握，我们都隐隐不安。傍晚，父亲回来了，一脸沉重。我们才知道，阚叔叔去世了。事故发生在工作时间，几位父亲任组长的抓斗组的工友，在一起打铁件。阚叔叔用长长的铁钳，钳住一块铁件，另一位工友用大锤一棒一棒地敲击着。忽然，在铁锤重重锤过铁件的那一刹那，铁件不知怎么滑脱了，凭借着锤击传递的力量，箭一般地飞了出去！不偏不倚，击中了阚叔叔的胸腹。阚叔叔应声倒下，被紧急送进医院，最终不治身亡。父亲当时正在厂子里开会，闻讯第一时间赶了过去。突如其来的变故，令他悲痛难抑。白天里，他克制着自己，回到家不久，眼泪就夺眶而出了，很快泪流满面。

1976 年 9 月，伟人毛泽东与世长辞。我那时在初中念书，是下午课后被通知留下，集体收听广播知道的。回家看见父亲，他只向我微微颔首，一声不吭。想必父亲下午也收听了广播。

晚饭后，他伏在五斗橱上，凝视着收音机，又一次收听着广播，神情十分专注。当广播员缓慢念出"毛泽东"几个字时，父亲用手悄悄抹着眼泪，间或还有几声抽泣。我们家人盯视着他的背影，也禁不住泪水盈盈。我可以想象这一天，在中国大地，有许多家庭，都是在悲伤的气氛中流泪度过的。我们这么一个普通的家庭，或者说普通劳模的家庭，在父亲的感召下，以一种朴素真挚的情感，悼念着中国的伟大领袖，度过了一个不眠之夜。

见到父亲唯一一次号啕大哭（其实已无法放声），是伟人邓小平逝世的时候。

那时父亲已全身瘫痪，气管切开，躺在浦东的一家医院里。这天，我们已听说了小平同志逝世的消息，也得知电视广播即将播放这一消息。为避免对父亲的刺激，我们把门窗关严了，病房里的收录机，也换了一个频道。可窗外电视广播的哀乐声还是传到了病房内。父亲眼睛睁得大大的，我尽量以平常的语调告诉他，是小平同志故世了。父亲愣怔了一会儿，便痛哭起来。他满脸悲怆，脸部抽搐着，无声地号啕大哭。混浊的泪珠溢出了眼眶，但因为气管切开，他发不出声音来，浑身也跟着颤动起来。我们赶紧为他拭泪，劝慰着他。好半天，他脸上的神情都不能平静。

父亲走后 20 年。我与母亲提及父亲在世时流泪的场景，母亲和我一样，对父亲的这几次流泪记忆犹深。她也提及了父亲另两次流泪。一次是奶奶故世，他哭得很伤心。那时我太小了，对这一幕没有记忆。另一次是他的哥哥去世，他和母亲赶到了乡下。我没同去。母亲说，他当时也掉泪了，虽然他与伯伯曾有过罅隙，但在那一刻，都释然了。他想到的是哥哥对他的好。

男子有泪不轻弹，只是未到伤心处。父亲的眼泪，不仅是因死亡感受到的一种痛，更是对领袖、对长辈、对同事的一种真情流露，这也是父亲真男子的性情！

父亲的"格言"

父亲的"格言"不多也不少。不像那些名人洋洋洒洒，也不似有的笔勤者每天一记。不华丽，不矫饰。他不用纸，不用笔，都记于心间，常常在关键时脱口而出，有的完全是他自己的心得创作，有的则是从小耳熟能详，又在生活中有了深刻的体验而得出的，更多的是针对我们的旁敲侧击、苦口婆心。

"不要老想着空头心思。"小时候，我们学习不专心，做事也漫不经心，甚至有些不切实际的梦想时，父亲就扔了这句话给我们。这句话太简单，但唯其简单，也直接点到了问题的关键。"空头心思"的说法，不仅形象，也十分明晰，劝告中，也晓以了空想的无用，实际上也将父亲务实的心态，表达得淋漓尽致，也影响了我一生。其实，这与"空谈误国，实干兴邦"都是一个道理，"空头"本身就空空如也，何况又只是一个空虚而无聊的心事呢？

"越睡越懒，越吃越馋。"父亲在我们幼时，时常用这句话提醒我们。好吃懒做的习性，很容易在孩提时被娇惯养成。父亲对此早有防范，对我们也耳提面命，训练有素。"早起早睡身体好，没事早上起来遛遛。"
因此，从小我就和家人们一起早睡早起，没有睡懒觉的
习惯。吃东西也从不挑三拣四，母亲很早就跟亲戚朋友
褒奖过我，说我从来有什么吃什么，也从不贪吃什么，
我相对比较节约、简朴、随意的生活方式，在朋友、同
学中也是明显突出的。勤勉地工作，朴实地生活，父亲
一生的坚持也影响了我一生。

当我们在哪个方面不如意时，父亲不太光火，而是语重心长地说道："我们不可能养你们一辈子，你们要努力，自己靠自己。"一句话，让我很早醒悟，也常思考，并努力不止。"人要管点闲事，你这人，不管闲事。"这是父亲对我的批评，那时我常忙于自己的事，读书和工作，家里的事似乎都是小事，无暇，也不愿多花时间。及至今天，我后悔莫及，倘若多一点对家人、家事的关注，父亲不仅不会如此失望，说不定因为我的悉心呵护，今天他还在人世。奈何？情何以堪。我虽也多少是个爱管闲事的人，但相比较父亲，差之甚远，这一点，我没完全继承父亲的优质基因。

在我三十而立，并在事业上小有成绩时，父亲又向我进言了，淡淡一句话，颇令我警醒。"发展到这一步不容易，自己要珍惜。"他有担忧，又有期许，这些尽在这赠予我的言辞中了，我视之为人生箴言，倍加珍视。

"不上班，不工作，再怎么，人都没劲的。"父亲的工作责任心特强，工作时就很投入，没事就往港区单位跑。他说跑一圈，都踏实。父亲退休了，但他的心退不下来，也时常到单位去看看。那年，他突然病倒，瘫痪的几周前，又特意到自己的车间走了一大圈，走得很慢，看得很仔细，仿佛是有什么预感似的。作为儿子，我知道他的劳模精神，是浸淫于血液和骨髓之中的。

　　我忙于工作，自己的新居装修时，购买的一大堆粗大的木材到了，我一时没顾上，木材太长，上不了电梯，就搁在楼下的空地上了。等我下班回家，楼下的木材不见了，后来才知，是父亲一个人一根根扛上了十一楼我的新居。他那时已六十五岁，第二年，他就倒下了，再也没能站起来。

　　"不听老人言，吃亏在眼前。"这话我自小常常听父亲说，随着自己的阅历增加，愈想，愈以为，这是至理名言。这句深具哲理的箴言，一定不是父亲的原创，但父亲用扬州话说出来时的那种味道，于我而言，是难忘和颇具力量的。

　　父亲也有许多生动、幽默的言辞，格言一样精彩。比如"人在家里，船在港头"。说得挺形象，这完全是父亲深刻的感悟。又如"馋猫鼻尖"，对见到美食就凑上来的人，他以此描绘。

　　父亲识字不多，这些"格言"不华丽，也并不豪气，有的也许早就流传，可能有人并不以为然。但它们不矫饰，很实在，仔细回味，既接地气，又颇有意义。

　　它们在我的心里，字字如珠玑，要靠一生去践守。

父亲的兄弟情谊

听说伯伯要来了，还是孩子的我心里就生出一丝欢喜来。伯伯在扬州，来的次数不多，上次还是两年前来的，但带着一挂鞭炮，短短如大人的手掌长，这已令我欢呼雀跃了。虽然，那一挂鞭炮，害我不小心把过年穿的新长裤都炸出了一个洞。可是伯伯到来的那天，房间里的气氛，当年不谙世事的我，觉得有些沉闷，这气氛至今还令我记忆深刻。他们谈的是什么，却一点也没记住。伯伯瘦削，面色灰暗，目光也颇显阴郁，整个人给我留下了郁郁寡欢的印象。初时，还以为，父亲是嫌弃乡下人。那时，上海这边对乡下来的都很感冒。长大了才知道，父亲和伯伯不睦。这罅隙的产生也是有由头的。

父亲随伯伯一起逃难到上海，先跟着干杂活，再学做修鞋，之后，又双双被招进了上海港做码头工人。伯伯的活还比父亲稍显轻松些，但那一年上海动员回乡，伯伯抵不住那一次性补贴的诱惑，只身返回老家了。把已半身不遂的老祖母留在了我们家。那时我还刚出生，父母亲拉扯着两个姐姐，还赡养着奶奶，日子过得很艰难。

父亲找了伯伯，伯伯才勉强留下一点钱，算是赡养

老祖母的钱。临走时，趁父亲不在家，还硬让坐月子的
母亲钻到床底下，把修鞋的家什，拾掇了出来，悉数拿走，
带回老家了，其中有一部分还是父亲的。从此，对老祖
母也不管不顾了。老祖母故去，父亲把她送回了老家安葬，
他才出了面。老家的那几幢房子，他也独占了。

这几次来沪，是因为他后悔了，那点补助早就花光了，他想找港区部门，要求回来。还让父亲帮他游说。这已是无法变更的选择了，他哭丧着脸，那脸色也是给父亲看的。

父亲忍了，不计前嫌地接待他。对他的过分期望，却也表示一筹莫展。父亲只是一位普通职工，兢兢业业的优秀工作者而已。

虽有隔阂，但父亲心里是有兄弟情谊的，知道伯伯在乡下过得不太好，他其实很操心。伯伯有好多个孩子，有的和我差不多年龄。父亲常常记挂着他们，每逢秋风吹刮，他就会张罗着把我们的旧衣服收拾了，打好包，给他们寄了去。孩子们有时来上海，我们家一间房，十多平方米，够挤了，他都让他们与我们同住同吃，像对待我们一样，对他们充满爱怜。一位堂兄到上海入住，父亲很高兴，在他来沪时，和他谈得很热络。

那年，突然接到电报，说伯伯病危。父亲连忙请假，直奔老家。也许那一刻，那点恩怨在父亲心里早已化解了。伯伯的后事，父亲费心操持。临走时，还留了点钱给伯母。没提任何事，也没拿走任何东西。

事隔一年，伯母也猝死了。父亲和母亲又连夜赶回。回来后，他还时时牵挂着他们的孩子。

父亲常说，他小时候是随他哥哥趴在小火车顶上，到上海的。他吐露这句话，并没有多言，但我现在能深深感到，他对他哥哥的感激、挚情和深深的怀恋……

　　不管有多少恩和怨，今生能成为兄弟，这是五百年都修不来的。

老劳模的艺术细胞

千万别以为老劳模都是只会死干活的主儿。父亲绝对不是。

那天，我和母亲、大姐、二姐聊起父亲的"艺术细胞"，我们异口同声地赞叹父亲，大字不识多少，也绝无艺校培训的经历，可他能说段子，会唱歌曲，还有自己的拿手好戏。

姐姐当场用扬州话，学说了父亲曾说过的一个段子："尖嘴子，黑盖子，里面装着荤小菜，又好吃，又好卖，又好送人，又好带。"父亲讲这个段子时我大约太年幼，没听父亲说过。仔细一听，听出点味来，是从父亲口中哼唱出来的那种味道，像一道谜语，幽默、有趣，又有生活气息。螺蛳也确实是父亲下酒的一道美食。我猜这应该是父亲年少时学会的。他农家出身，对乡村田间生活，其实从来都未忘怀。

他的园艺技能无师自通。先后在自家的院子里、阳台上种植了不少花卉，包括君子兰在内，不乏名贵花木。一年四季姹紫嫣红、花香扑鼻，四方邻居皆赞叹有加。也引来若干赏花贼光顾。他一度还养过金鱼，几尾灵巧而又精美的鱼儿，在透明的玻璃缸里巡游，也让我幼年时充满了乐趣。他的金鱼养得恰到好处，也有邻居朋友来讨教或者求赠的。父亲毫不隐瞒，也慷慨大方。他是把欢乐分享给大家的那种人。

　　父亲最喜欢的一首歌，是京剧《海港》里的马洪亮的一首歌："自从退休离上海，时刻把码头挂心怀，眼

睛一眨已六载，马洪亮探亲我又重来。看码头，好气派，机械列队江边排，大吊车，真厉害，成吨的钢铁，它轻轻地一抓就起来……"父亲不仅在家常唱，还在港区和小区居民联欢会上登台献唱，唱得豪迈、情真，字也算正，腔也圆，只是带点扬州口音。但一唱必赢得一片掌声和叫好声。父亲还会唱不少当年的歌曲，他唱得投入、深情，有的新歌学唱起来也挺快。现在想来，至今我们会唱的不少歌曲，都是小时候跟随父亲学会的。父亲和母亲还欣赏地方戏，喜好也广泛，诸如淮剧、沪剧、越剧等，他们都喜欢听，也喜欢唱，特别是父亲，常常开口就唱，有滋有味地唱，还唱出自己的特别味儿来了。那几出当年流行的京剧，父亲也能随意唱出好多歌段。

那时电影越剧《红楼梦》复映，三个多小时的片长，正念小学的我，看得昏昏欲睡，父母亲看得聚精会神的，回家路上还哼唱着剧中的唱段，也令我耳濡目染了。

港区排演歌舞剧《码头号子》，请了一批码头工人来表演。父亲被选中了。他排练得就像在车间抢修抓斗时一样认真，在舞台上一遍遍地念。回到家，还挤出空余时间练唱。他说，不能演砸了，大家都看着他们。课后，也把我带到排练场，以至于我也耳熟能详，可以唱出大部分歌词来，有的至今可以脱口而出。

父亲在这部舞台剧中，还多次担任领唱，唱得自然淋漓，嗓音并不高亢，但有一种本真的穿透力，把策划者所要表现的或悲凉或欢快的意境，抒发得颇有感染力，把码头工人的真实情感，演绎到位了。父亲不是科班演员，他和他的队友们都是本色演出，但演出效果绝不在专业演员之下。那几天，他们是在共舞台（当时名为延安剧场）演出的，有一场，母亲带着我去看了，坐在最后一排。我由此可以观察和感受全场的氛围。那场面不比现

在出彩的舞台剧逊色，座无虚席，掌声不断。我和母亲，也为父亲他们的精彩演出，感到无比自豪。

父亲还有一个绝活，就是打鼓。锣、鼓、钹、镲四大乐器中，不用说，鼓是中心，父亲所用的鼓为扁圆形的，鼓面是一张绷紧的蛇皮，直径三尺左右。父亲双手挥舞着棒槌，敲出不同的有音乐节奏的鼓点来。或雷声大作，或蹄声隐隐，时高时低，时急时缓，每个鼓点，都紧扣心弦。在社区联欢会前，父亲受邀先做了十来分钟的表演，鼓槌飞扬，鼓声悦耳。观赏者围得里三层、外三层，水泄不通。我人小体弱，挤不进去，只能站在外围，听着鼓声阵阵。

我们家姐弟谁都没上过戏校，可都还是有些表演才能的，大姐善舞，在单位演出一曲《红梅赞》，让人刮目相看。二姐爱唱沪剧，年年演出和比赛，也是单位挂了号的。至于我，也喜爱说唱，只是因为公务所限，登台过于张扬了，就作为一种爱好而偶一为之了。

毫无疑问，是父亲多少熏陶了我们对艺术的爱好，更重要的，是他带给了我们乐观向上的那种精神气，那是真正的人生财富。

浴　事

　　洗浴，又曰沐浴或洗澡也，上海人则叫"汰浴"。古来起居之要事，甚至有说，欲养性必先修身，欲清心必先洁体，苟日新，日日新，又日新。因此沐浴被看得很重，圣人纷纷为之，并以此为律。常人也多多效仿，隋唐沐浴节也盛极一时。

　　我儿时认为汰浴是一件愉快而麻烦的事。那时多半是在家里，用澡盆洗浴，至多算是泡足，即便后来也备置了大澡盆，不到一米直径，注入冷水，又倒了好几瓶开水，人坐进去，也就是腿股浸水，上身还得撩水泼洗，洗完后，收掇又费一番工夫，天热必然再出一身汗。方才的浴，算是白洗了。严寒时节，这就更行不通了，寒冷砭骨，赤裸裸地半浸半露的，是不堪忍受的冰火两重天。况且那时全家就一间房，一人洗澡，全家人就都得避开撤离。如此排场，也是不小的折腾。那时，父亲偶尔也会带我到港区去沐浴。一年也没几次，除夕前日安排得多些。港区管得紧，这类打擦边球的事，父亲也是勉为其难。

　　港区的浴室不小。但应该是下班时才开放的，人也济济一堂，摩肩接踵。淋浴、泡浴都有。我怕水烫，在澡堂子不敢久泡。父亲泡得时间长，还让我多泡一会。我有点承受不了。于我而言，淋浴就放松自如些，莲蓬头放出的水，可自己调温，从上倾泻而下，反复冲洗，洗得通体舒泰。父亲是在扬州出生的。扬州历来有早上皮包水（吃汤包），晚上水包皮（泡浴）的习惯。

那时也常有国外的货轮停泊在港区修理。有两三次，

　　节假日加班后，父亲和工友带上我，在休息时间上货轮洗热水澡，这是很难得的。货轮上的澡堂子小而闷热，鼻腔里还会飘进些许机油味儿。但就三四个人，比起大澡堂里人挤人的，这里就舒适多了，可以划入尊享版的。

　　平常父亲带我上的，还是公共浴室。那时，在浦东南路塘桥路口，有一个塘桥浴室。那里比港区澡堂子更热闹，差不多要排队等候了，各色人等混在一起，"混浴"之说是十分形象的。澡堂池子，也像下饺子似的，水雾弥漫之中，还隐约有一种怪味，是各种男人体味儿的杂糅。公共澡堂供应热毛巾，这一点港区浴室及不上了。洗浴之后，澡堂师傅递上一条干净的热毛巾，擦拭湿漉漉的身子，很是爽快。在暖融融的休息室里稍坐，偶尔还能觅得一席躺椅，惬意地摊开四肢，人之乐趣仿佛尽在其中了。时不时，还会有人再派送冒着热气的毛巾。得向澡堂伙计甜甜地、亲热地喊叫两声"师傅"，他就可能投来目光，从远处将毛巾打着旋，飞送过来。不偏不倚，正巧可以一把接过，有点烫，但特爽，抹去脸上、身上又沁出的汗液，那一种舒爽，是不可而喻的。

　　自从搬了新居，家里有了狭小但独立的卫生间，澡堂就不再去了。最初，我们住一楼。青春年少的我，也许患上了敏感过虑症。原本好好的玻璃，让我介意并多疑起来。我告知父亲，这玻璃看得透，汰浴不自在。父亲也仔细察看了这半透明的玻璃，点点头，但并没下一步行动。我先是自我防备，汰浴时，身子往背阳的角落里靠，渐渐地，我也并不在意了。我后来想，当时还是我心理出了点偏差。父亲的点头，是给我的尊重，至于没行动，是因为玻璃内影影绰绰，根本看不清什么，也就无需什么动作了。想必忙里忙外的父亲，是悄悄地关心着我，对我会成长也胸有成竹。一个人的成熟，是需要过程的。而默默地关注，也是一种关爱。

洗浴条件和方式的变化，是突飞猛进的。如今大浴堂各类设施一应俱全，不仅如此，搓背、助洗、按摩、拔罐、桑拿，诸如此类，在大浴堂里都有服务，只要你愿意掏腰包，皆可享受。洗浴后还可身穿宽松的衣袍，喝茶，品尝美食，观赏表演。沐浴作为养生文化，愈来愈精致了。这用一句老话来概括：今非昔比了！可是我忙于工作，也出于某种过度谨慎，极少涉足。在2019年12月的冬至，我去了扬州，并且当晚在一家公共浴场泡浴，搓背。上下三层楼，装修装饰净洁素雅。浴客到了深夜还登门。水池的温度都以电子方式显示着，还有水疗区。淋浴也设站和坐两种方式供选用。我临时起兴，搓了个背，选的最短的时间，20分钟。姓李的师傅，小个子，是扬州仪征人。我一边做着，一边和他攀谈。他告诉我，搓背手力要拿捏到位，太轻，搓不出泥，太重，客人的皮肤容易被搓破。搓背还得时时注意客人的表情。不适时，有的人会说，有的人则忍着，要留点神。他说他已51岁了。已干这行十多年了。现在年轻些的人，很少干这个了。他做得蛮到位的，一口地道的扬州话竟然令我感慨唏嘘。

父亲这辈子应该连桑拿都没见识过。如果我今天能带着他进现代浴室，哪怕是小心搀扶着他，让他好好享受一下各种精心的服务，哦，对了，再请上一个扬州师傅为他扦扦脚，找一位高手给他搓搓背，让他品品香茶，轻松地休憩，那对我，是何等幸福快慰之事呀。

父亲与阳台

　　父亲期盼着有一个阳台。母亲也这么对我说。那时，港区对劳模有所照顾，将我们的居室又置换到了塘桥，新建的微山二村。我们原住的浦东东建新村，在王家宅，也是一大一小两间套，新配房的面积与其相差无几。但原居是底楼，新配的是四楼，有一个不到三平方米的小阳台。阳台外还是一大片农地。我不很乐意，父亲心动了。母亲这么一说，我想起父亲的君子兰，那种植不易却一夜之间被人窃走的名贵花木，想到父亲无以言说的心疼，也就点头赞成了。家里从此拥有了一个阳台。从这阳台上，我们看着窗前的大片农田被征用，建起了住宅，也是在这阳台上，我们远眺南浦大桥细长的引桥，一截一截地被建造，在东西向上长臂似的伸展着。我们的衣被也享受到了阳光的照拂，而且完全不用担心丢失。

　　最重要的是，父亲的业余生活也愈发忙碌快乐。更多不知名的形状各异的花木，在阳台上茁壮成长，每逢开花时节，姹紫嫣红，郁郁葱葱，阳台上的景色摄人心魂。我那时业余进行文学创作，还以父亲阳台上的栀子花为题材，向父亲讨教了个大概，虚构了一篇约 2000 字的短小说，题为《栀子花香》，在某知名行业报副刊发表，该报主编还在文学讲座上，对此点评赞赏。小说其实是对父亲通过培育花草，在平凡的生活中发掘提炼美的匠心独运，做了描摹。故事有虚构的成分，但意味是真切的。

花花草草，在阳台占据着重要位置，也吐露着新鲜氧气，成为我们家的一景。

为这些花木，父亲费了不少心，除了必需的莳弄之外，刮风下雨，天寒地冰，他都牵挂着，悉心安顿。花木茂盛，争奇斗艳，这凝聚着父亲的心血。

也发生过这样一件事。某日早晨，我在阳台上，伏着阳台的水泥栏杆，温习功课，当天下午有一场考试。待我转身欲进屋时，阳台上的门竟关得严严，纹丝不动，我明白父亲一定是疏忽了，在屋子里，习惯性地顺手把门闩闩上了。他以为阳台上没人。随即，就上班去了。我在阳台上寻思良久，若从阳台上爬到隔壁人家的话，花盆堆在那儿，搬动也得花上一段时间和不少气力，一不小心，还可能坠楼。我只得把一块窗玻璃砸破了，伸进手去，把门闩拉开了。晚上父亲回家，充满自责，责怪自己没好好看看阳台。对我采取的砸玻璃的措施，充分肯定。并明确道，以后碰上类似的事，也不要去爬楼，就这么做。玻璃可以花钱再配。这话当时就让我心里暖融融的，至今记忆犹深。一个父亲对儿子的慈爱，在此切身感受到了。

父亲倒下后，家人疲累地照顾了父亲三年多，起先对阳台上的花木，还有所兼顾，渐渐地，也无暇顾及了。那片曾经的葳蕤，就像父亲的生命一样，渐渐地枯萎了。

父亲的礼物

从小到大，父亲给我买了多少东西，我数也数不清，更有几样东西，刻骨铭心，难以忘怀。

那是一块钱都要掰成几份用的年代。小说《闪闪的红星》出版了，年轻美丽的班主任，在班上给我们朗读了若干章节。潘冬子，或者说是文学的魅力，已抓住了我年幼的心。我哭闹着，要父母亲帮我买这本书。那时在塘桥老街上走回家，我缠闹一路，父母好言相劝一路，可我不理不睬。当时的我，一定让他们伤透了脑筋。这不是一个小数额，一本书的价格，抵得上一家人至少一天的饭菜钱。但是，我如愿以偿了，父亲把那本崭新的、还散发着油墨清香的书递给我时，我完全是欣喜若狂，父亲也微笑着。多年后，我才能体会这微笑里的慈爱、期盼，还有艰辛。

初中时，我愈发痴爱文学。文学的早春已经来临。重放的鲜花开始出现。如饥似渴的我，在福州路上的上海书店，看到了一本四辑一套的《中国文学史》，也是新鲜出炉的，让售货员给我翻了翻，那字字句句和其中的气息，都撩拨着我的激情。回到家，我又和父母说了，央求他们给我钱，买下这本书。一套书十多块钱，大约是父亲一周的工资了，他们缄默着，好半天不吭声。我不能像小时候那般闹腾了，只能和他们憋气，躲在自己的小阁楼上不下来，到吃饭点了，也不肯露面。翌日上午，当他们从浦西赶回，递给我那摞沉甸甸的书籍时，我又一次心花怒放了。我恐怕连谢谢都没说，就什么都不管不顾了，捧着书，投入了全部心思。我记得父亲说，他们去买这套书时，售货员说这值得买，对孩子很有益。不识多少字的父母亲什么都不说，就坚决掏钱买下了。但这需要父母亲很多日子更加省吃俭用，他们本就是克勤克俭的一辈人，为了孩子的喜好，可以慷慨大度，甚至于倾其所有。

　　我在城建学校读书那会儿，路途比较遥远。骑车是我爱好，也是合适的交通方式。父亲琢磨着要给我买一辆自行车。可那时购车要凭票，这辈子，作为一位劳模，父亲不会绞尽脑汁地去获取什么。他决定买二手货，最好是别人刚用过的。在淮海路后边的一个弄堂里，有一溜旧车行，一位戴着眼镜、知识分子模样的微胖男子，正巧要把自行车转手。车辆是凤凰牌的，八成新，看上去还挺像样，父亲也没还多少价，120块簇新的人民币就移手了。我骑着这辆车上学，也顺顺畅畅地过了一段时间。但某天傍晚回家，上了浦江轮渡，发现车子有点

异样。待将车把提起时，车身脱臼似的软塌了下去。再仔细察看，吓了我一跳，车轴竟然断了，而且断口分明是焊接过的旧伤部位。倘若是在骑行中断裂，后果不堪设想。我是费了好大的气力，在下了轮渡之后，把这辆已半散架的自行车，一步一步扛回家的。父亲见了之后，也大惊失色，只怪自己购车时疏忽，幸亏儿子无恙，要不真后悔莫及。不用说，那个模样斯文的车主，隐瞒了这个原则性的问题，也让我见识了某种人的嘴脸。很多

年以后，我写过一篇短小说，题为《寻车》，获了奖，
还被拍成微电影。就是根据这段故事创作的。

　　记忆中，父亲还帮我买过一只收录机，四个喇叭的，
和十四寸电视机一般大小。那时候，家境宽裕了些，学
城建专业，也要读专业英语。我一开口要收录机，父亲
就点头了。我们双双骑车，到了陆家嘴东昌路的一爿电
器商店，我选中了一款，父亲笑眯眯地付了款。从此，
我躲进小屋一待就是好半天，跟着这收录机学英文，也
常常录下自己的诵读，熟悉了录下来的自己的嗓音，也
颇为自信地进行了演讲练习……

　　如今，许多物品已不在了。唯有那套《中国文学史》
还在旧书架上挺立着。我想，身为劳模的父亲，之所以
舍得花这么多钱为我买这些书，他是期望自己的儿子，
是能够在未来的生活中，健康成长、坚强挺立的！

好脾性的上海男人

上海男人的好脾性，世人皆知。对这一好脾性的诸多误解，既源于文化的差异，也有一知半解的原因，甚或来自羡慕嫉妒恨的复杂心地。

好脾性的男人是需要深入接触、细心感受、认真琢磨的。真正好脾性的男人，不是单纯的脾气好，或者只是老实疙瘩、点头哈腰、轻声细语、唯唯诺诺之人。

好脾性，是一种人之仁、人之善的凝练，是人生真挚的态度，是涵养品质的舒放，是心灵阳光的坦然自若。

我父亲是一位好脾性的男子汉。那温和蔼然，那大方随意，那心中有人，与人为善，总像春风拂面，春雨润唇，令人心生快慰。他在平常乃至关键时候所展现的那种发自内心的微笑，那种当仁不让的行为，把一个真善良、敢担当的男子汉的好性格和好脾气，自然地表露了。他从不动手打孩子。对家人不高声训斥，更不会在家火冒三丈，吹胡子瞪眼，甚或拍桌子、摔东西。他对家人的温和，不用多说，他对左邻右舍，甚至陌生人，也是客客气气，微笑以对。

父亲不是出生于上海的男人，但堪称上海男人好脾性的典型代表，也可以说，是新上海男人的一个楷模。他把江苏农村男人与上海男人的气质糅为一体，既有质朴善良，又有细腻柔情，没有所谓小男人的习性；相反，有大气定力、果敢阳刚，沉稳负责地把控着我们这个家庭的船舵，在风浪中快乐地前行。

他也嫉恶如仇，是非分明。有时认真到顶真的程度，对工作，对生活，也对所遇到的世事俗常。所以，他会惹某些人不快，甚或记恨。他对此一笑置之，这对事不对人的作风，也体现出一个好脾性男人大无畏的气概。

　　他从不酗酒，从未见他借酒泄愤。他干净清醒，心中自有烛照洞明。于是从父亲身上，我感悟出一位好脾性男人的特质和种种风情。

　　好脾性男人是有主见之人。他的目光也许并不深远，但他看见了人性的本来，他懂得善良本分、勤勉认真地生活，将心比心、宽以待人地处世，现实才会丰满，生活才会愉悦。即便他从不会如此有逻辑地表述出来，他的心中有同样一脉相承的通途。

　　好脾性的男人是有内涵的。这与文化程度无关，但与文明素养表里一致。那是浸透在血液和骨髓里的一种高贵、一种气息、一种力量。因刚强而更坚韧，因善美而更具温暖。

　　好脾性的男人不是没有脾气，他可以以柔克刚，也可能拍案而起。他有足够的能量、耐心和自控力，能对世事应付裕如，因为他有博大的心胸，看透人心的眼力，正直公义的良心，和无所畏惧的胆魄。

　　好脾性的男人，凡事可以做精致，见功夫，显品位，亮特质，螺蛳壳里做道场，平常事中现儒雅。

　　好脾性的男人从来睥睨粗俗蛮横，厌恶恃强欺弱。他们才不和小人一般见识，也不斤斤计较，在他的人生词典里，礼让贤者、弱者、老人和女士，以及孩子，都是道义，都是仁慈。

好脾性的男人的典型代表应该是上海男人。愈来愈多的像父亲一样的新上海男人，也滚雪球一般，壮大着这群体。但也不可忽视滥竽充数之士，他们不伦不类，名不副实，可能玷污了上海男人的好名声，还自以为是。这时候，真正好脾性的上海男人应该可以亮相出手，也可以有点脾气了。

谦谦君子也好，翩翩绅士也罢，上海男子是最接地气的代名词。千万别小觑了上海男人，更不要欺辱上海男人，否则，只会反衬你的教养不够，你的大气不足，你也许有一条挺好的归宿：回炉。

父亲的"拿手美食"

技不压身，是父亲对吾辈的勉励，也是他身体力行、言传身教的一个人生信条。

父亲的工作繁忙，又十分投入，但家里的大事小事，他都操心，一日三餐，他也时时关注。他应该是家里掌勺最好的一位了，他的"拿手美食"至今令我们难以忘怀，回味不尽。那时物资匮乏，家境也拮据，但父亲总能"螺蛳壳里做道场"，变戏法似的烹制出一道道美味，令我们在惊喜中大快朵颐。

各种面饼堪称美食。糯米粉摊饼，加白糖，在油锅里煎炸，是其中一味。外脆内嫩，金黄香甜，可与糍粑媲美。用普通面粉摊饼，或撒上白糖，或加添葱香，也满嘴生津。

父亲是扬州人，出生和少年生活都在这个有文化底蕴的地方，他做的淮扬菜堪称"天下一绝"。父亲的狮子头做得正宗考究，软而不散，色香味俱全，还在锅里煮着，就令人垂涎欲滴了。我十来岁时，就能一口吃下三四个，那狮子头都有拳头大小。

那年头，真找不着多少好吃的东西，浑身是宝的猪，也是身价不菲。在市场上买猪肉，是要凭肉票的，光有钱没用。五口之家，一个月只能购买半斤猪肉。隔壁人家有个孩子去当兵了，每年春节可以额外买回一只猪头，让我们羡慕不已！当兵，全家真是光荣呀。父亲为让我们解馋，偶尔搞来些猪肝，他亲自烹调，搭配的多半是鲜绿的韭菜，炒得山青水绿的，嚼在嘴里也有滋有味的，看见我们吃得开心，他也笑吟吟的。后来母亲告诉我们，这都是父亲在单位带头献血，获得的一点补偿。这样的情况，大概不下三四次。

炒螺蛳是父亲的一绝。父亲亲自从菜场或者小摊贩那里买来，亲自浸泡，洗净，亲自置锅上油，加料，细心炒煮。不咸不淡，不油不涩，一吮即入口。这在半饥荒的年代，是难得的荤食了。可惜我嫌麻烦，胡乱吃了几个，就不动筷了，想必当时父亲心生郁闷，而我现今则后悔莫及，不仅永远错过了这道美食，也辜负了父亲的一番苦心。

二十世纪八九十年代，改革开放了，上海市民的餐桌上丰盛起来。什锦火锅是父亲日常置办的，特别是冬天严寒的日子，家人团团圆圆，火锅宴，就倍添了几多暖融融的气氛。火锅宴的功夫体现在之前的配菜和调料上，锅汤即便是清汤，配菜和调料也要恰如其分。当父亲忙忙碌碌大半天，把一桌火锅宴亮相在我们眼前时，我们胃口大增。各色菜品形状各异，可见父亲的刀工。

色香俱全，并不腻口，味道爽口的调料，也沁人心脾。饱餐一顿后，连连打饱嗝，都直说这一餐吃得开心。我们吃得快乐，父亲也开心。那时候，他的脸上皱纹已显现，慈祥的笑意和笑纹都在脸上荡漾。

　　父亲还擅长其他各种各样的烹调方式，烤年糕，炸年糕，炒年糕，花样翻新，各有味道。令我味蕾记忆深刻的是炒年糕，再加点青菜和肉丝，鲜美可口。一大碗入肚，抵得过一天的劳作付出了。

　　有时为了赶时间，通常是我要赶去上学或上班，父

亲会给我下碗阳春面。清水汤面，他下得干净利落，快而不乱，一碗阳春面里还塞着一只荷包蛋，或者我特爱吃的几块红烧肉。汤是汤，面是面，面条不硬不软，汤水深红，泛着些许葱花和麻油，碗底还有惊喜可期待，在那个年代，这就是一餐美味了，更何况这是父亲用心烹制的。

父亲的"拿手美食"，既是他对家人的一片爱心，也凸显出一位劳模对生活的热爱。随着时间的推移，对父亲的"舌上的味道"，我愈来愈多地回味，也愈来愈多地感念难忘啦！

这曾是上天赐给我的恩惠呀！

爱管闲事的老劳模

　　父亲的爱管闲事，曾让母亲和家人一度伤透脑筋。他是那种路见不平，必然挺身而出的人，似乎从来不知道什么是风险和后怕。有时好像也管得出格了点呢。那时，我们几个孩子嘴上不说，心里头也在嘀咕。

　　那天，小区的几个初中男孩，有的还是姐姐的同学，站在单元门洞前的过道上东拉西扯地闲聊。说起来，这虽算不上小混混，但也是不求上进的小毛孩。他们谈起了抽烟，其中的一位，身材瘦弱，身坯还没长成，从兜里掏出了一包劳动牌香烟，递给其他几位，自己放了一支在嘴上，准备点火。父亲这时走过去，和颜悦色地对他们说："小孩子抽烟，不好。"他是视他们如同自己的孩子的。那位掏烟的就不服气了，顶撞道："抽烟关你什么事？我就要抽！"父亲板起脸了："你这个孩子要懂点事，你这么小抽烟，是害你自己！"那人仍然顶牛着，嘴里还咬着烟卷。父亲提高了嗓门，毫不客气地斥责了那男孩几句。虽然他被同伴劝开了，但仍骂骂咧咧的。

　　类似这样的事例，并非少见。直至塘桥街上发生了群殴事件后，父亲爱管闲事的名声更是众人皆知了，我们一家也经受了担惊受怕。那时，浦西中学生摆渡到浦东上课。上下课高峰，通往轮渡口的老塘桥路上，人流如织。浦东当时被有的人称作"下只角"，有的浦西学生常将此挂在嘴上，浦东有的学生也就心态不平了，直呼浦西学生上海"缺西"，即"傻瓜"的意思。于是各种摩擦走火之事常有发生。更有甚者，有些可以称之为小流氓的学生寻衅滋事，经常发生群体斗殴的事件。

这天，小区门口两拨人发生剧烈冲突，从口水战到大动干戈，围观者可谓人山人海。其中一位男生，家境困难，就住在我们小区路旁的一处民宅，他有好几个兄弟，其中最小的那个，还是我小学同年级的同学，长得又粗又黑，是个典型的小混混。当年他还曾怂恿我们几位同学，从家里偷出肥皂卖掉，说赚点零花钱，可以吃喝玩乐。我见此人邪气十足，便不再与他一起玩耍了。

与人大打出手的，是他的二哥，打得已失去理智，转身奔进家里，举着一把亮晃晃的菜刀，眼睛血红，气急败坏地冲向了人群。眼看更大的血腥事件就要发生，只见一位身穿工服、身材敦实而灵活的中年男子迎了上去，一番争抢之后，夺下了他手中的菜刀。那边，有人拿着木棒，刚高高举起，这位中年男子又迅速用身子去阻挡。他就像中流砥柱，遏制着混乱不堪、奔涌激荡的河水。这位中年男子就是我的父亲。

公安干警到场后，带走了好多人，当然也包括如同疯狂的公牛一样的那位同学的二哥。

这个事件不久，那个粗黑的小混混就在路上拦住我，用威吓的口吻说："就是你爸爸抢了我哥哥的菜刀。要不然，他可以宰了好几个上海'缺西'。"我没理他，继续往前走，他咬牙切齿地在我身后扔下话，他会报复的。

我没有多少胆怯，但还是心存一丝忧虑，是为了父亲。当然，后来我也愈发觉得这位同学无比愚昧、愚蠢。他不知道，正因为父亲奋勇地夺下了他哥哥的菜刀，才避免了他哥哥犯下大罪，滑下更大的深渊。他哥哥后来因这次群殴，被判了六年。按法律，如果他手里有人命的话，那说不定性命也不保，至少也得把牢底坐穿了！我父亲是冒险挽救了他。你想想，一批年幼无知，又完全丧失理智的人群殴，父亲只身阻止，是把个人安危完全置之度外的！他们应该感激涕零才是！或许，这些扭曲的心灵，在若干年之后，才会有所悔悟、有所感喟吧！

父亲的爱管闲事，导致家人一时不得安宁。

小混混对我的恐吓，还在其次。我深埋于心，也未将此事向父亲和其他家人吐露。我谅这个小混混也不敢对我本人造次。我是担心父亲。他们会怎么报复父亲？我该怎么来保护父亲？年幼的我，有心却乏力，一切都没想好。半夜，家人都进入梦乡，玻璃窗被人砸碎了，声音爆响，家人都被惊醒了。父亲迅速起床，就往外追去。一会儿，他有点沮丧地回来了。母亲责怪父亲管闲事，惹麻烦，父亲脸色镇定，说："不用怕，你们睡吧，他们不敢再怎么样。"这是难熬的一夜，我幼小的心灵，在这个黑夜中，仿佛也受到了一次重创。这个世界，不是干什么好事，都会收获赞誉的。

后来，又发生过几次玻璃被石子砸破的事，虽一直没现场抓住肇事者，但我心里明白，这一定是那两个人干的。不过这小混混的招数，是见不得人的，所以只能在黑夜里偷偷而为。

父亲爱管闲事的脾气，也并未因为这些而收敛。

有一次"爱管闲事"，是得到了母亲和其他家人的赞赏的。父亲的形象，在我的心里也更加高大起来。

那算是大家族里的一件不小的事，70多岁的姑婆婆去世了，父母亲带我们几个孩子去悼念。中午，姑婆婆的儿子、儿媳烧了一桌菜。席间，他们几个平素就隔阂深重的表兄弟，竟然由争吵到了掀翻桌子，差点动起手来。父亲站在中间高喝一声，目光严厉，呵斥，令双方都怯退了一步，渐渐冷静了下来。事后，大家都说，幸亏父亲那天挺身而出，要不，后果不堪设想。母亲虽为父亲捏着一把汗，但也为父亲化解了这场冲突而欣慰。

父亲离世快20年了。我与母亲聊起父亲当年的爱管闲事。她又和我讲了一则往事。那时我还年幼。某一天，楼上一片打闹声。父亲和母亲都迅速上楼，一对夫妻正打成一团。父亲用力把他们两人扯开，铁塔似的往中间一站，面对他们都想把对方撕了的脸相，说："你们再要打，就打我吧！"他这么一说，两人都无法动手了。两口子和好之后，对父亲也甚为感激。父亲就是这样常常奋不顾身地去管各种闲事。

　　我小时及长大后，也爱管这类闲事。二十世纪八十年代末，在北京地铁上，我对动刀砍人的一位男子，紧盯不放，仅一米之距，直至在站台上，警察在我面前把他带走。当时一位同行就说："你难道不要命了，他身上有刀呀！"我没有一丝恐惧，我想这一定是因为父亲的举动，深刻地影响了我。

永远的愧疚

　　在别人眼里，我是个孝子，甚至够得上被称为模范，我却不知道，在父亲那里，我的孝顺究竟能打几分。也许，宽容慈爱的父亲，最终还是会给我一个及格。在我自己心里，我明白，我并不配承受孝子之誉，相反，有许多对父亲的愧疚，在我记忆里生了根一般，时时吞噬着我的心，令我汗颜，令我唏嘘，令我追悔不已。

　　初中时，我染上了脚癣和股癣。年少无知的我，竟把这归咎于父亲了。父亲的脚癣挺严重，每天晚上都用开水烫脚。那时全家共用一个洗脚盆，替换下来的衣裤，也是放在一块，由母亲或者姐姐搓洗的。我据此就嘀咕埋怨，是父亲传染给了我。父亲也不吭声，这一定是看我年纪尚小，还不懂事，也就宽谅了我。如今，我才醒悟，这完全怪不得父亲的。更何况，家里其他人怎么没被传染呢？这原因，归根结底还在于我自己。我确实是乳臭未干，少不更事，羞愧难当呀！

　　我婚礼那天，是父亲从单位租借了一辆大巴车，接送亲朋好友去婚宴的。说好车下午五点到的。快五点了，我心情已急迫起来，焦急地张望着，责怪司机怎么就不可早些到呢，大家都等着了。到了五点，车子还没影儿，我就憋不住了，以责怪的口吻，问父亲："车怎么还没来？这不耽误事吗？"父亲皱了皱眉，也嘀咕了一句："说好五点呀。"我的脸色不太好看，心里像着了一把火似的，说话的口气有点冲。当时又没有手机、寻呼机之类的玩意，联系起来也不方便，父亲站在门口，也一脸焦急，大巴车姗姗来迟。司机很牛，也没有一句抱歉之词。父亲赶紧递上了好烟和喜糖。我们是有求于人，车来了，就算万事大吉了。

第二天，姐姐告诉我，父亲当晚坐在床沿，脸上浮起一层忧伤。他很难受。姐姐说，比她出嫁时还难受。我也以为父亲不好受，是因为我结婚这个原因。但后来渐渐明白，这里也许还有一层重要的因素，就是我当时的态度过分了，我是完全不应该，也是没有理由责怪父亲的。父亲是不愿求人的，却那么低声下气地照应一个普通的巴士司机，他是为了我才如此屈尊的，这种情景下，我还出言不逊，给他脸色看，简直不成体统！我当时怎么会这么不懂事呢？

父亲病倒前的几个月，曾经鼻子流血不止，去了医院诊治。当时是傍晚，我们左等右等，未见父亲回家。他已退休了，但在家闲不住，为一家装卸区位于龙华的企业，做现场技术指导去了。他骑的是电瓶车。迟迟不见身影，家人也担心了，我坐着小车沿路找他，最后找到了海港医院，果然说有位老职工刚来过，鼻子出血，现在已离开了。我又匆匆赶回，到家时，父亲已回来了，鼻孔里塞着棉团。见他没什么大恙，我们总算松了一口气。但没多久，他又鼻子出血了。我赶紧托人找了一家据说不错的市级医院，给他诊治了。回来后，依然塞着棉球。他躺了一天一夜，第二天他问我，他是不是可以把棉球拿掉了？我竟然不假思索地回他，再塞塞吧。父亲不吱声了，棉球自然也没摘。倒是稍后妻子提醒了我，"你爸爸这样憋着很难受的，你怎么这么回答他。"我那时公务甚忙，心里也是怕他再出血，又是一番折腾，怕麻烦。我如此不体贴，太粗糙的性情，最终害了父亲。

父亲被我送进医院时，还能自己走动。我因为单位事多，虽也每天去医院探望，但却很匆忙，想着有家人陪护，又与医生打过招呼，父亲治疗一阵就可出院了。没想到，医院误诊，我们家人，尤其是我观察不细，照顾不周，父亲其实轻微脑中风了。躺在医院一周后，又一次桥脑部中风，从此全身瘫痪，气管切开。父亲苏醒过来后，再未说过一句话，其境其状，痛苦不堪。直至三年多后的深夜，他气管被卡住了，悲惨地与世长辞。

父亲从此成为我心中永远的疼。我对父亲的愧疚，20多年来，从未平息。我常常在半夜里睡不着觉，也时

常扪心自问：就不能放下些工作，对父亲多一点关怀吗？
老母亲和病了的父亲，是对我有所依赖的，而我却辜负
了爱我疼我的父亲！

　　这永远不能挽回的粗疏言行，我是一辈子不能宽恕
自己的。

父爱如山似水

　　从我呱呱坠地，到父亲仙逝那一年，大约38个年头，我直接享有的父爱是一言难尽的。父爱带给我的恩惠，却是我至今不可或缺的滋养，还在无尽地延续。

　　父亲从未动手打过我，也几无大声斥骂。这一点，他就与其他动辄就打骂自己孩子的邻居截然不同，虽然他们与我父亲多半都在一个港区工作，文化水平也都不高。父亲最严厉的时候，也就是用眼睛瞪着我，或者用几句疑问质询我。即便如此，我也感受到了父亲教诲的分量。父亲更多的是以简单地陈述道理来表达他的希翼。从这点上说，父亲完全是个慈父。慈父出孝子。如果，我还算不上是一个孝子的话，父亲的慈爱却是毋庸置疑的。

　　高考前夕，我翻来覆去睡不着觉。全家人住一间大通间，我甚至讨厌座钟的嘀嗒声。父亲二话不说，把闹钟停住了，还说一句，放下心来睡，考得怎么样，都没关系。他是用这种方式来慰藉我。入夜了。这一晚，他也根本没睡安稳。当我拿到录取通知书后，他高兴地说了一句："蛮好的！"

我成家之后，有一次感冒发烧了，妻子陪我在医院打点滴，父亲和母亲竟走了几站路赶来探望。在他们的眼里，我永远是个孩子。

我有次提任，有点小得意，父亲得知，脸上带点凝重，又只说了一句："不容易的，要珍惜。"这句话意味深长，当时就令我深思良久，至今视为人生警句，咀嚼不尽。

大姐刚出嫁那几年，只要台风、暴雨来临，父亲就睡不着觉了，有几次他爬起床，赶到姐姐家，查看她的住房安全。那是自家搭建的楼板房，父亲实在放心不下。直到亲自做了些加固，才稍稍安心了一些。

二姐小时候把胳膊扭伤了。父亲急急地带她上医院，神情十分焦急。对母亲，父亲也十分呵护。有一晚，母亲肚子疼痛难忍，父亲不由分说，奔到夜间公用电话处，叫了救护车。经诊治，母亲并无大碍，父亲松了一口气。那时经济拮据，救护车费用不低，邻居有人说："你这太破费了。"父亲说："该花的钱要花。家人没事、平安最好。"

在我们家，父亲就是一座山，巍峨高大。

父爱如山，是我们从小的依靠！父爱又如水，如泉水般温甜！又似溪流般潺潺，无微不至！我们像享受阳光和空气一样享受着父爱。

当父亲突然病倒时，我们才恍然梦醒，父亲也是人呀，

即便是一个知名劳模，一个铮铮铁汉，他也需要包括我们家人在内，许多人的呵护。

父亲倒下的前一年，在家里，他还主动对我说："我的牙齿还不错，没坏几个。"他用手扒了一下嘴巴，显然想让我看看。我并不在意，敷衍了一句，就走开了。

我成家了，还时常和妻子住在父母亲家。那间小屋里的摆设还是我婚前时的样子。父亲让我们多来住住，也从来不提伙食费之事。有时还问我，我妻子吃得惯吗？是不是要换点其他菜肴？他常常自己下厨，把好吃的留给我们吃。

父亲从不乱花一分钱。他猜到自己要病倒时，在病床上告知母亲，他有一件衣服的口袋里，还有一千元人民币，是他悄悄积攒下来的。

太多的事例，点点滴滴，平常到几乎无法用文字详尽表达。父亲走后，随着时间的推移，这些事例愈发清晰凸显，常常令我夜不成寐，心里又疼又悔又无限温馨。

对父亲也应该有更多爱的回馈，为何我当时就没有此意识呢？我还能算孝子吗？

冬至情怀

冬至，天文学家把冬至作为冬季的起始，实际上，在很多地区，这时已是深冬。

冬至大如年。这一天，祭天祭祖，古已有之。"以冬日至，致天神人鬼""冬至黑，过年疏；冬至疏，过年黑"，意即冬至这天是阴天，过年则必是晴日，反之亦然。这让我想起前几年在喀什援疆指挥部过冬至的情景。那天手机气象预报，上海近日天气晴至多云，我便想，看来，回家过年又是细雨绵绵了，喀什也大约如此吧。

这天，乌鲁木齐市的朋友发来短信，说冬至到，别忘吃饺子，不然寒冬会咬掉耳朵，挺喜庆和幽默。一早，还没起床，喀什地区宣传部长叶美金先生就通过微博发出私信，祝冬至快乐，提醒要吃饺子。

冬至吃饺子的故事，源于医圣张仲景。其辞官返乡，给乡邻治病时正值冬季，乡亲们饥寒交迫，许多人连耳朵都冻烂了，他便支锅，将羊肉和一些驱寒药材一起熬煮，用面粉将熬煮之后的羊肉和药材包成耳朵一样的食物，称之为"娇耳"，再经水煮过之后，分送给乡邻。大家吃了"娇耳"，又喝了驱寒汤，身心暖和，耳朵也渐渐痊愈了。"娇耳"之后又名"饺子"，广为流传开了。

今天，喀什人家宰羊包饺子，当是一景。

中午，地委招待所的汉餐厅果然上了一盆饺子，韭菜馅的，来吃饭的也是济济一堂。指挥部下县的，工程组在现场的，也都回来了。指挥部就是大家的家。冬至回家，也是一个习俗。

与工程组全体人员座谈。是今年的工作小结，也是进疆第一次年度座谈。几位同志进疆300多天，适应、熟悉，并投入工作，甚为不易，成效显著，我视他们为兄弟，同甘共苦。在冬至之日，与大家一聚，喝的是家乡黄酒，一杯又一杯，心意相通，情感交融，此生难忘！

借冬至，我夜晚倚在窗头，在微博上即兴写了一首小诗，以寄托对父亲的怀念。题为《父亲，天堂冷吗？》，"这个世界再冷／我也不怕／生活了这么多年／你早已教懂了我怎么御寒／况且还有亲情抱团取暖／父亲／你在天堂冷吗／那个我陌生的世界／住着我亲爱的人／大雪纷飞／地冻天冽／真怕冻着了你／也冰封了我泉水一般的怀念／让我点一团火／供一杯酒／再撒一把好烟／陪伴你这一年最长的黑夜"。

我是用最简朴的语言，最真挚的感情，倾诉对父亲的爱。

这一次，我又被微博的力量深深震撼了，或者说被人性共同的真情所打动。先是几位熟悉的朋友转发了此诗，后来，惊讶于 @（指提到或通知某个人）我的和评论的人竟有上百人，我不断以转发的方式致以谢意，关心和转发的人连续不断，我的手都酸涩了。短短的时间内转发者已过 300 人。杨锦麟先生点评："感动，甚少人这样描写父爱。"勾起了很多人对已逝亲人的怀念，"感动，想念父亲，你在天堂冷吗？""昨晚又梦见父亲了，其实在我心里他从未远去。""安谅老师：感动。把您这首诗朗诵给天堂的母亲听……妈妈，女儿永远爱

您！""冬至，思念在天堂的亲人。""您写得真好。在这个应与家人团聚的日子，文字让人心生暖意与思念，谢谢！""老爸，节日快乐！""想起我的父亲，想说同样的话，珍惜当下吧！""文字很难切实表达感情，但这是个例外！想念远方的父亲！""树欲静而风不止，子欲养而亲不待。一个月前，我失去了最疼爱我的外公呀，在这样一个寒冷的冬夜独在异乡求学的我看见您的文字，不禁潸然泪下，您让我明白，一个人死了，但如果思想还在，就留下了永恒。一个人死了，但爱他的人还在，就留下了永恒。生命的意义在于用死亡置换永恒，谢谢您！""父爱如山，母爱如水！""感人至深的好文字"……

这让我相信，不着修饰的文字最精彩，真情的自然流露才是大美的心音，引发人们的共鸣！这里转发并评论的几无一位熟人！

文学和音乐，在这冬至之日，勾起了人们思念的情怀。

这段不算歌词的文字，之后有一位新疆音乐家为它谱了曲。此刻，我又一次倾听着这首歌曲。一位新疆小伙子演唱得情感深挚、扣人心弦，倾听者无不为之动容，有的人禁不住泪盈眼眶。

父亲，您听到了儿子的问候了吗？在天堂快乐！

过年的味道

　　孩时过年，大年夜家里是最忙碌的。先是打扫，掸尘，拖地，换床被。我是专司抹玻璃的，用废报纸把窗玻璃擦拭得贼亮，然后是热气腾腾的烹煮，一场厨房大行动，这是色香味俱全的全家行动。

　　爸爸总揽全局，又擅做扬州狮子头，剁肉，调料，拌馅，下锅氽煮之类，一步不差，环环入扣。煮出来的狮子头松软适当，色泽诱人，咸淡可口，味道鲜美，让人吃了一只又想下一只。而妈妈的红烧肉是绝对拿手菜，直至今天，朋客们品尝了这入味的红烧肉，也都要比原先多吃一两碗米饭的，有的仅舀些汤，就又多吃了一碗，咂咂有味。姐姐们多半打些下手，拣菜洗菜端盘子之类。我虽最小，也有一个十多年不断的节目，就像春晚赵本山多少年不退一样，雷打不动。坐在小板凳上，窗前一只火势正旺的煤球炉，我拿着一柄长勺，勺底沾点油水，倒上一些摇匀的蛋液，饶有兴致地制作蛋饺。一个又一个，乐此不疲，半天光阴都泡在上面了，直至我成家了，在家过年，我还是操此活计。

　　这一顿全家人出力的年夜饭，真是奇香无比，家人围坐在一起，也是快乐无比。还看着爸爸变戏法似的，从衣兜里掏出一沓纸币，都是挺括崭新的角票，分发给我们。这就是盼望已久的压岁钱了。我们笑逐颜开，年夜饭因此也进入了高潮。其乐融融，仿佛就在昨日。

爸爸也会带着我们放一会儿鞭炮，有二踢脚和连环炮，虽然并不太多，但喜庆的气氛已在烟火味儿中浓郁起来。

那晚，我们早早睡了，父母亲还在灯光下忙碌，搓圆子，备糖点，还为我们整理好簇新的衣服。

大年初一清早，从梦中醒来，父母早已起床，又忙得不亦乐乎了。床头柜上，已放置了红纸包裹的香糕和红枣。我们蜷缩在被窝里假寐，都不想最先起床开口。因为今早醒来，必须先道一声："爸爸妈妈过年好！"有点害羞。我想拖延着，就随着姐姐们叫一声。有时也就鼓起勇气先叫了。爸爸妈妈便递上香糕、红枣，也回敬一句：过年好！过年的第一天就这样开始了。

爸爸病瘫在床期间，大年三十，全家也一起陪着爸爸过的，当然，除了妈妈还煮几碗红烧肉外，爸爸的狮子头等已无法品尝了，我也无心精细地制作蛋饺了。而当爸爸仙逝之后，我们十余年，没有在家团聚吃年夜饭了，全家厨房大行动，也偃旗息鼓了。

与很多人家一样，饭店成了吃年夜饭的去处。省却

了很多麻烦，人也轻松一些，可那种其乐融融却又淡然
寡味许多。心，未免怆然。

　　一年又一年。什么时候，能摆脱一些事务，也安定
一下心神，能和妈妈及其他家人，再全家大行动，自己
烹制一顿年夜饭呢？菜肴可以发生变化，但不能少了妈
妈的红烧肉和我的蛋饺，让姐姐也露上一手，她早已学
会了红烧狮子头。举家围坐，让在镜框上的爸爸也微笑
着注视着我们，在天堂里，也感受一样的团聚和快乐。

又到高考时

　　三十多年前高考的恢复，是一件大事、一件好事。它是对历史的颠覆，更是对时代的顺应。但高考，也从此让我们一代一代人进入了紧张的、看不见硝烟的战斗中。现在焦虑的已不仅是参加高考的青年，还有他们的家人。考生全家人在高考的季节，都被焦虑紧紧缠绕着。

　　一位老同学的孩子临近高考，他与妻子已放弃了一切，以儿子为中心，晨钟暮鼓，日落日出，就只有高考这个头等大事了。有一次，儿子一夜没睡着，他们急得像热锅上的蚂蚁，在隔壁屋子也几乎一夜未眠。孩子晚上未休息好，明天怎么能够集中精力听课？他们干着急，只听着里屋儿子翻来覆去的声音，还有频频开灯、上厕所的响动声，也无可奈何。他之后告诉我时，是带着一丝酸楚的。我却笑着调侃他："你也算是一个过来人，怎么这么不沉着呀！还像当年自己高考时的那个傻样呀！""唉！"他叹气，说自己也劝自己想开些，超脱些，可想想高考就是人生的一大关口，禁不住又会为儿子焦虑起来。

　　想起那一年高考，我们这些同学几乎在考试前夜都失眠了，或长，或短。第二天大家交流，都说自己没睡好。差不多都是做好了计划，较平常更早爬上床的，但真躺下睡时，脑袋莫名地兴奋了，数羊数到好几百只都没用。数得自己反而脑子更加清醒。当时，我的父亲也是跟着一同失眠的。家里小，挤在一个屋子里，一人睡不着，就必然牵动全家人。我烦躁，静不下心来，嫌吵，连钟摆声响都受不了。父亲干脆将三五牌闹钟也停了，万籁

俱寂，我身心终于减负了。但还有一个因素，这应该是一个至关重要的因素——父亲平常话不多，但那些天他常说的一句话是：随意考，放松地考，考不上也不要紧。那天晚上，他又重复了这一句，也许就是这个话，让我逐渐摒弃了焦虑。

很多年过去了，这句话还在我耳畔回想，我心存感谢。父亲在关键的时刻，送上的这一句让我难忘的温暖的话，很平常，却是如此真情实际！每当我在选择的十字路口时，想起父亲的这句话，我心就释然了，是的，天坍不下来，不用担忧，不如轻装上阵，输了还可以重来！台湾作家龙应台的散文《孩子，你慢慢来》，也就是追求这一境界的。识字不多的父亲和博学多才的台湾大家，原来也可以拥有一样的爱的境界呀。这样的境界是出于真爱，出于彻悟，也出于对人生的真实体验呀！

我的孩子也步入中考了。我已经早就和他说过那句话了：儿子，别急，放松考，尽力发挥就够了。路，还长着呢！

父亲，天堂冷吗？

　　这天是壬辰的元宵节。凌晨四五点，做了一个梦。梦见有人睡在一张简易床上，紧挨我床边。黑暗中面容看不清晰，花白的头发，恍若父亲，我想开灯，灯却打不开，想再按桌上的台灯，父亲直是摇头。我问："爸爸，是你吗？"他点了点头。我禁不住搂住他放声痛哭："爸爸，我真想死你了……"在哭声中我醒了，周遭还是睡前的模样。这是父亲故世十二年我第一次与他梦中对话。

　　不是父亲不记挂我，他一定是怕打扰了我。进入天堂如此，以前在世的时候也一样。

　　常常默默而又实在地给予我关怀，不给我添任何麻烦。

　　唯有一次，他退休后不久，他们单位本来都大面积下岗了，他想找点活儿干干。他对邻居也说，他闲不下来，没活干，他憋得慌。我知道，这是这位老劳模的特性，同时，他也想为家里做点贴补。

　　那段时间，我正忙着自己的工作，无暇顾及。而父亲自己找了一份工作，地点很远，每天骑上助动车，早出晚归。家在城市的东面，工作地点则在城市的西面。

有一晚，他迟迟未归，家人等急了，分头找去，最后在一家医院寻找到了他的踪迹。原来他下班回来时，留了一路鼻血，趔到职工医院就诊去了。这其实是一个信号，而只是沉溺于自身工作中的我，却缺乏足够的警醒。

当父亲真的入院时，我还以为只是小病，不相信身体壮实的父亲会罹上什么大病。

我还在忙于工作，夜以继日。父亲的病房，我也只是蜻蜓点水去一下。这就铸成了我今生永远的痛。父亲在医院里再次中风昏迷了。从此不能与我们言语……

三年瘫痪于床榻，一个深夜，忽然飘逝，让我如雷轰顶。

想来我又何曾关心过自己的父亲。从小到大，父亲话语不多，但给了我完整而且可谓是无微不至的爱。

小时候家里拮据，一分钱都会掰成两半用。老师给我们朗读了小说《闪闪的红星》的篇章，我被打动了，硬是缠着父母亲给我买了这本书。

中学时酷爱文学，喜欢上了一套《中国文学史》，又让父母亲赶去浦西的书店，花了当时不算少的钱，买下了。

家人曾经告诉我，我结婚当晚，忙累了一天的父亲独自坐在床沿，神情忧伤，像是把心爱的女儿嫁了一样。

我听了心猛地一抽。但随即又因自己的忙碌，忘却了这一切。

　　父亲这么多年来含辛茹苦地把我养大成人，而作为儿子，又何尝耐心地陪伴过父亲，与父亲交谈，对父亲嘘寒问暖？而当这些从此无法弥补时，那种深夜里的心痛和悔恨，只会随着自己年龄的递增，而愈发深重。

　　曾经多少次，父亲备了丰盛的菜肴，家人围坐一起。我总是匆忙，扒拉了几口饭就匆匆退席，甚或离去。父亲给我斟酒，让我再稍稍坐会，我还是先自离开，忙自己的事去了。现在想来，是父亲想与我碰杯一聊，以这种方式，表达父子情深呀。我却如此疏忽。真乃粗疏无比了！

　　十二年，一纪轮回。每年清明或冬至，我都要在父亲的坟前，为他点上几支烟，酒上一杯酒。我又有多少衷肠要向父亲述说呀。

　　我要告诉父亲：我原来是如此深深地爱你！

　　我曾在微博上写过一段诗文：从小，都是父亲唤我起床，在我耳畔轻扬，就像漫进窗户的一缕阳光。我感觉自己就是在这轻唤中长大，长成了一棵高大的白杨。长大了，父亲还是每天唤我，隔着一堵门墙。现在父亲已升入天堂，我还是每天听到父亲的轻唤，隔着一道生死界，还是那么慈祥。我飞身起床，很快就走进了这新生的阳光。

去年冬至，我在南疆，无法走近父亲的坟茔。这一年中最漫长的夜晚，令人难熬。我即兴在微博上写下了一段不是诗的诗，题为《父亲，天堂冷吗？》，"这个世界再冷／我也不怕／生活了这么多年／你早已教懂了我怎么御寒／况且还有亲情抱团取暖／父亲／你在天堂冷吗／那个我陌生的世界／住着我亲爱的人／大雪纷飞／地冻天冽／真怕冻着了你／也冰封了我泉水一般的怀念／让我点一团火／供一杯酒／再撒一把好烟／陪伴你这一年最长的黑夜。"

　　诗文上千人评论、转发，成为这冬至夜中关于怀念的主题诗，推涌着一种祭祀和想念之潮。新疆一音乐人之后还专门谱曲，此歌也迅速传唱开来。有人评论说："这是一首让思念和泪水喷溅而出的歌。"中国作协老领导王巨才则称："这是近年来难得的佳作！这首歌引发了许多人心中深挚的情感。"

　　又一个冬至来临了，极为遗憾，又不能跪拜于父亲坟前。只能在万里之外，心里再一次吟唱这一首歌，祈求父亲宽宥儿子的不孝，祝福父亲在天堂快乐！

我就是您的礼物

　　一年一度的生日。呱呱落地后就没有停止。礼物，从出生满月开始，也不间断。丰盛得就像千姿百态的世界。也许，很多人认识这个世界，就是从礼物这一万花筒，包括万花筒这份礼物起始的。生日礼物，就像鲜嫩饱满的葡萄一般，闪烁着诱人的光泽。

　　诸多生日，都是别人赠给我礼物。以前也会客套，让亲朋好友不必破费，更婉拒名贵奢侈品。有的礼物拿了也是多余，很快转送给别人，心里才不至于受堵。当然有的礼品可谓礼轻情意重，转赠就不妥当了，便作为宝物一般收藏着。只是不知何时会打开一瞧，也许是遥远的老年时代吧。伴着怀旧金曲，做一番美好的回忆。

　　生日受别人之礼，我总有些忐忑。因此长大之后的生日，一般都是小范围过的。属于低调处理。就一些家人传统式的一聚，免了许多礼仪和套路，礼物当然就免去了。有几次，我只是通知大伙儿一聚，生日只字不提，只是家人备了蛋糕和蜡烛，也就会给我招来一顿嗔怪，但隐瞒完全是善意的，不会得罪人，那份生日的氛围和真情祝福还都在，与物质没有一丁点关系，反而就显得更加真挚了。

年轻后生的生日我是见识过的。礼物更是五花八门，
摆放在那，真是琳琅满目。时下帅男美女们一个生日，
至少得过一个礼拜，这礼物就令人目眩。有的礼物尽是
名牌，有一回，就见一个小帅哥赠送一位美女一套香奈
儿品牌的化妆品，据说近万元了，而这小帅哥刚找到工作，
那美女也只是他一般的女性朋友而已。问为何如此，他
说不这么出手不显哥们义气，这算不上什么！是真女友，
送上宝马、奔驰什么的，也是意思意思了。当然，那是
富家子弟所为了。

儿子生日，我只给一份纪念性的礼品，他上初中后，
我还每次必赠一首自己原创的诗作给他。那是对他寄予
的期望和祝福。豪华奢物，我是即便有实力，也断不会
送的。送了，反倒害他。

实际上，生日别人赠送自己礼物，我总觉得不太合
逻辑，至少并不周全。生日自然是一个人值得纪念的日
子，但这纪念有点肤浅了，或者直截了当地说，有些主
宾倒置了。十月怀胎，最艰难的当是母亲，当脐带剪断
的那一瞬，你从母体中独立出来，此刻母腹的余温还在，
母体的营养和馨香，还将长久地留存。那时懵懂混沌，
也许一声响亮的啼哭，就是向母亲表示的问候。那么，
当涉世已深，知晓了人间真谛之后，在自己的生日，向
自己的母亲送上最深情的祝福，应该像一江河水向东流

一样顺理成章了。这样的生日，一定过得更有意义。

　　我在以后到来的生日，一定要备多份礼物。一份，首先是献给我母亲。母亲的养育之恩，恩比天高，情比海深，她对我就是给予，从来不向我索求什么，我每年的生日，她也早精心准备了礼物，给我欢欣，祝我快乐平安。她年事已高，我还不能在她身边尽孝，我羞惭难当，自责不已。我就是母亲心头的一块肉，自脐带断开那一刻，就与母亲愈加亲密，不可分割。我的喜怒哀乐，我的冷热病痛，母亲仿佛也都能时刻感知，一句叮咛，一

声关怀，一缕目光，都浸透了沉甸甸的母爱。此时此刻，我送上一份也许是微不足道的礼物，道一声"母亲您好"，那一声问候和祝福中，是孩儿的一片心声，是献给母亲的我的生日的颂词。

我还要备一份礼物赠给吾儿。他已长得比我高了，一个半大小伙子，一个身材魁伟的男子汉。他正从少不更事中走出，人情世故在他的眼中渐渐清晰起来。我得尽一父之责了。我送给他的礼物，是要告诉他，父亲又长了一岁，父亲对你的期望也愈来愈实在，我并非奢望你某一日飞黄腾达、出人头地，也不期盼你惊世骇俗、无人可比。我只希望，你路走得正，身子站得直，肩膀扛得住，目光像喀喇昆仑山的冰川一样永远地澄澈。祝福你，儿子，爸爸我在生日这天给你一番诤言。

还有一份礼物，我要献给我父亲。他给了我作为男子汉的精神和品格。他像一棵树，是我永远不变的榜样。但他已无法亲手接过我的礼物了，我就在他的坟前，为他点燃一支烟，烟雾袅袅，思绪翩翩，阴阳此刻已然相通。父亲生前我与他交谈不多，此时我要借我的生日，将所有感恩、感谢的言辞和盘托出。沉默此时不是黄金。少言寡语也不是两代男子汉之间唯一的相处状态。我要说，父亲，我爱你，我就是上帝赐给你的礼物，我好好地生活，就是你希望看到的一幕。生日是我一年中进行总结的时候，也是对你一次心声的倾吐，一次坦然的汇报。

还有我的妻子、其他家人和朋友们。

生日，是自己的。欢乐和祝福奉献给亲人和朋友，我把生日的礼物赠送给家人和亲友们，我要说，你们在，故我在，你们幸福，就是我的快乐！

好好生活，就是感恩

　　父亲生我育我，给我留下了许多温馨和难忘的记忆。父亲逝世十年，我告诫自己，好好地生活，就是对父亲的感恩。那天，看到了那一家人，那个人，他们依然有些张扬，但他们真实地生活着，我想，他们应该好好地生活，这也是对父亲的感恩。

　　小时候，我受到了一次欺辱。一个年龄与我差不多的男孩突然拦住了我，他粗鲁的脸上写满了蛮横，目光凶凶的，手指差不多戳到了我的鼻梁。我不知他姓啥名谁，但知道他住在马路对面，家有兄弟一串，是那种缺少家教，也家境贫寒的人家。平素从未与他交往。他气势汹汹的样子，让我这文质彬彬的小学生，有点惊悸，只是我从未得罪过他，他为何如此这般指骂我。半晌，我才听明白，说是我父亲多管闲事，把他哥哥手中的菜刀夺了去，以至于他哥哥没能砍了对手。说我父亲坏了他哥哥的事，他要报复我。虽然他的眼睛瞪得溜圆，但他并没碰我，那凶巴巴的样子，现在想来，也有点虚张声势。

　　原来，那时打群架成风。那人的哥哥当时是中学生，他与另一拨中学生在马路上互相殴打起来。参与打架的人多，围观的也不少，整条马路都人山人海、水泄不通了。那时，他哥哥这拨人也急疯了，他哥哥操起家里的菜刀就杀将过来，眼看血淋淋的事件就要爆发。在这千钧一发之际，我瞅见我父亲突然冲了上去，他一把抢过那人手中的菜刀，同时奋不顾身地把群殴双方扯开。又上来一批劝架者，过了不久，又来了一批警察。斗殴才逐渐平息。我听见不少人在赞扬父亲，有两个大我好多的邻居对我说："多亏你父亲，否则这场群架准得出人命。"就是父亲的这番举动，引起了这粗鲁小男孩对我的斥骂。

连续几晚，住在底楼的我家的玻璃窗，在深夜被人用石块砸破。不用说，是有人在恐吓和报复，故意使我们不得安宁。母亲劝父亲以后少管闲事，少惹麻烦。父亲却镇定自若，仿佛一切都未发生一样。

我断定这一定是那男孩所为，但查无实据，也没抓到"现行"，这一切我们全家只能认了。玻璃窗自己花钱重新买好装好。

那个男孩的哥哥因打群架，后来被判了几年刑期。倘若那菜刀不被父亲夺下，他怕早伤了人，甚至杀了人，他的命也必将不保。从这点讲，他们一家子应该感激父亲，父亲是救了男孩弟弟一命，救了他一家子。

很多年过去了，什么都没发生。听说男孩哥哥也出狱了，也没见他和他弟弟一样，找着我父亲，做出什么报复的举动来。再后来，父亲辞世了。老家也不复存在，那条马路也发生了很多变化。

某天，我在一个动迁现场见到了他们。他们一家与动迁组吹胡子瞪眼睛，为一点利益争得脸红脖子粗的。我认出了他们，他们没认出我，当然也不知道我的身份。我是主管这片基地的一个官员。我叮嘱动迁组善待他们，晓之以理，友好地协商。我看着他们，心里在想：他们一家真应该好好地生活，以此作为对我父亲的感恩呀！

思念片羽

附
1

父亲走了二
十年了
我对他的思
念随岁月增长

人在小火车顶
随年幼的哥哥
到农村
父亲完成了向
　　移民
　　福荫子孙

父亲修鞋的技
口热诚
口上海小吃
在豫园
有
　　　　有夜小
印给了他儿子
一个很有文化
味的名字
以慈爱
终身

父亲在砖

父亲的君子兰

父亲的君子兰

因了父亲的滋养

长得绅士一般

无比优雅

邻里街坊都来观赏

却有一个猥琐的小人

在某夜张开了黑了心的手掌

那个人上学的我也认得出他的模样

父亲却君子一样释然了

从此那人就低矮许多

虽然君子兰还在他的手上

我后来明白

占据名贵花卉的

不一定就是善人

这世界就是这样

冬 至

一阵雨夹雪飘过

冷冽还未凝成

冬天的花朵

只有这日子悄然临近

残酷的风

才吹卷出

又一个岁末

这一天自古至今

曾经的称呼颇多

而贺冬

是我击节赞赏的一说

春夏秋之后

此刻有最喜庆最可贵的收获

也该有最清醒最冷峻的思索

夜长至

白昼却短促得

恍如一阕春歌

而那份阳刚

已正在发酵

将催生更炽烈的火

吹散新年的寂寞

我对这个日子往往疏忽

是父亲生命的飘逝

让我铭记

这一刻

祭拜祖先

也反思今日

低下头颅

陷于沉默

即便再匆忙再丰硕

抑或再疲惫再失落……

（作于 2009 年冬至）

父亲的奖章

无疑

已经锈迹斑斑

曾有的耀眼

也似乎被时光收藏

谁都不会留意

仿佛书桌上的摆件

没有什么分量

在眼花缭乱的时下

太普通寻常

无人记挂

可当年佩戴

在父亲的胸前

就像是几朵火焰

灼灼夺目

折射出劳动的荣光

比黄金更金贵

让人生更辉煌

父亲走了

什么东西都没留下

这一摞铁质的物件

却沉甸甸的

依然掷地有声

在父亲遗像前

永远闪耀着一种金黄

（作于 2008 年春天）

父 爱

父亲走了二十年了
我对他的思念随岁月增长
我怎么会轻易让他走的
每天深夜，月亮如刀
冷冷地刺向我的心房

父爱如山，是的
往昔对那座山司空见惯
就像人们常常无视空气、阳光
那些天然的存在
而一旦逝去，那种疼惜
远比任何事物深刻
直到自己也长成了一座山
才知丧失那座山
再也无处疗伤

是的，父爱如山
山一般的深沉，山一般的坦荡
只有失去了，才渐渐读懂
这山的至诚
这山的博大

盆景（散文诗）

不识字的父亲，特别爱它。

普普通通的石块，雨天汇积的净水，组合成一个个奇妙的世界：

山，桂林的山；水，漓江的水；

杭州塔凝重的身姿；

卢沟桥妖魔鬼魅的神韵。

仿佛天底下一切秀美都浓缩在这里了！

"山不在高，有仙则名，水不在深，有龙则灵。"

老父亲的脚步未必都走过那些地方，可是美丽的世界却装在他的心上！

当一首首诗从我笔下倾泻，我在想：

不识字的老父亲呵，

不正在书写美的赞歌吗？

（作于 1990 年左右）

父　亲

趴在小火车顶上

随年幼的哥哥告别农村

父亲完成了向大城市的移民

从此福荫子孙

父亲修鞋的技术和热诚

如上海小吃

曾在豫园一带飘香

颇有佳闻

父亲只有夜小文化

却给了他儿子

一个很有文化和品味的名字

并以慈爱让他受益终身

父亲在码头扛大包

可钻研电焊、起吊和车驾

多年之后，他当之无愧

又扛起了"抓斗大王"的美称

在街头年轻人的群殴中

父亲奋不顾身

一把抢夺了凶器

消弭恶性事件，令理智重生

父亲的马宏亮的唱段

真的别有韵味

最后欣喜的欢笑

就是海港人爽朗的原声

父亲参演的《码头号子》

令多少人动容感奋

这经典的歌舞段子

在流芳传承

父亲的劳模勋章

是血汗凝固而成

那一种分量

每次捧看我都感觉很沉很沉……

父亲不属牛

但他勤快如牛

他耕耘出一片温馨和坚韧

给了他所爱的家人

　　　　　　　　　　　▲　从修鞋匠到『铁裁缝』

最后的三年父亲已经失语

但无言的父亲

就是大地上站着的一座森林

不老而永恒

为纪念父亲故世十周年而作

2010 年 3 月作于上海

（原载于 2010 年 3 月 13 日《解放日报》）

清　明

雨雾如帘

却遮不断视线

澄澈的心域

又模糊了分界

生与死

共同一个感伤

而又温馨的相见

昨日与今天

也在一抔新土

和一束花香中

聚拢又弥散

活着的

从烦扰中

得到片刻的静谧

逝去的

也从寂寞中

拥有瞬间的喧闹

▲　从修鞋匠到『铁裁缝』

这是一个沉思的日子

混沌的头颅

也清晰了路的两端

认知了起始

也明白了未来……

（作于 2009 年清明）

梦见父亲

父亲走了，白天我见不着他

梦里他常常出现

常常是我拼命在找他

找得泪沾衣襟

两眼迷茫

对人间充满失望

找到时，要么在空寂的地下室

要么在遥远的江面上

孤独成一种凄凉

我无法解救他

这天我又梦见他了

他在楼下遥望我

我欣喜若狂，想奔下楼去

忽然楼间冒出了浓烟，

楼顶太高，跳下去就是深渊

我明白，这是老天让我选择

想与父亲在一起，只能飞跃而下

梦父亲

他在的时候，就像太阳

我尽享他的厚爱，却不知感恩感谢

某一天，他走了

我才知什么叫天塌地陷

这么多年来，我无法安眠

梦里常常见到父亲

他无言，我醒来总泪流满面

忠孝难两全。但我真有莫大的遗憾

那时我没长大呀

现在的我，人生从此不美

夜半醒来，梦已退，泪千行

我想说什么

我又能说什么

我愧对父亲，其实世上没有什么

可以超越亲人的爱

我在追悔中思念

我在思念中

——再生

（作于 2019 年 1 月 6 日）

有的爱

有的爱，要沉淀许多年，才会在心谷收到回响

就像古老的雪山，长久屹立

才在湖心留下巍峨的身影

也像碎浪絮叨，或溪流潺潺

终究欲说又止，缄默不言

其实内心激荡并且深挚无限

这份爱，是渗进了血脉

经久常年，缓缓地注入了湖中

湖泊的碧绿是滋养的容颜

不求回报甚或一个点赞

浮泛的誉美，只能是对其的损贬

这是世界上最深沉的爱

这样的爱不用轻飘的各类表白

就像父亲对我的爱

我对儿子的爱

父亲邀我喝酒

现在，差不多每年两次

我带着天下的好酒

邀父亲喝酒

他都一声不吭

我想他不会是生我的气

我还是轻声细语

临了，我把酒，轻轻洒在

地上。腾起一丝清香

石碑上他微笑着，轻抿着嘴角

父亲是原型

附
2

5年之后，他

父，也事业

，对父亲愈

念，对父亲

也愈发强

种"子欲

不待"的

和悲伤一直

着他。他想

亲在世时，

炒螺蛳

不

更

，把父

亲都扔在站

似的，心里

受。那晚，

然也没

会和面

，心里

已，后

自己并

炒螺蛳

　　大雨滂沱。他从超市回来，身上雨水溅落，心也有所失落。把几个熟菜搁在桌上时，他还轻轻喟叹了一声："今天竟没买到螺蛳！"

　　儿子瞅了瞅他，也瞅了瞅餐桌，回了自己的屋内。不一会儿，儿子套上了外衣，手拿着一把伞，对他说了一声："我出去一下。"说完，便推开门，冲进了雨幕。

　　"你去哪儿，快吃晚饭了。"他话音未落，房门已合上。他瞪视着房门，好半天没说出话来。

　　儿子真像当年的自己呀！埋头学习和工作，对家事和家人似乎漠不关心。

　　老父亲退休不久的一个冬至，晚餐时还特意炒了一盘螺蛳。他知道这是父亲所爱，也是父亲的拿手好菜。可他吃这个嫌烦，一时吮吸不出的，还得用牙签之类去挑着吃。也太费时间。所以，每次上炒螺蛳，他几乎都不碰，三口两口扒完饭，就搁下饭碗，进自己的屋看书去了。

　　往常，父亲母亲也都习惯他这样了。这回不一样，父亲给他倒了一小杯黄酒，说："来，陪我吃螺蛳，喝两口。"

父亲是期盼的眼神，母亲倒是嗔怪父亲的口吻："他还小，别让他喝。"父亲笑着摇摇头："都25岁了，不小了。"

他犹豫了一会儿，一口把一小杯酒喝尽了。食道里瞬间热腾腾的。父亲赶紧让他喝了口汤。他抹了抹嘴，炒螺蛳依然没碰，又匆匆离席读自己的书去了。他把时间看得很重。

他自然没有料到，翌年开春，父亲竟然一病不起。不久就仙逝了。

多年之后，他为人父，也事业有成，对父亲愈发思念，对父亲的歉疚也愈发强烈。那种"子欲养而亲不待"的痛楚和悲伤一直纠缠着他。他想起父亲在世时，只要有炒螺蛳，他不仅不碰，而且吃饭更快捷，像要赶火车，把父亲母亲都扔在站台上似的，心里就难受。那晚，他竟然也没给父亲机会和面子，想想，心里就疼痛不已，后悔莫及。自己并不年少了，却还这么不懂事！古时卧冰求鲤的故事，他都记得清清楚楚的。可根本不需要他卧冰求鲤，让他喝酒，吃螺蛳，他都没能让父亲尽心如意！

连续几年的这一天，他都会多炒一盘螺蛳，喝着黄酒，还给父亲放了一副碗筷和酒盅。他想和远在天堂的父亲好好聊聊，他陪伴父亲太少太少了。

儿子长大了，他和妻子把儿子送到了国外读书。他怕儿子把中华文化都忘干净了，时不时给儿子寄点书去。有一次，还把几本国学书和一册《二十四孝全解》，塞进了儿子的行李箱中。

儿子在外学习不赖。去年生日，他收到了儿子发来的微信："爸爸生日快乐，祝身体健康，万事如意！"虽只短短一句话，语句平常平淡，他都高兴了好一阵子。儿子也20多岁了，也许开始懂事了。

去年的冬至，也是一个雨日。儿子放假在家。晚饭时，他特意多炒了一盘螺蛳。他对儿子说："坐下来，喝一杯吧。当年爷爷就喜欢吃炒螺蛳，喝黄酒。"儿子回道："几位同学在等着我呢。"说完，拿着伞，推开门，就冲了出去。外边雨声哗哗，他默默看着儿子离去，无奈地摇了摇头。

没想到，今天又是同样的情形。下午出门时，他就曾叮嘱过儿子，"晚上在家吃饭哦。"他分明看到儿子瞥了他一眼，轻轻地"嗯"了一声的。眼下，儿子却又撒腿走了，他站在窗前，看着窗外雨雾迷蒙，天色渐渐昏暗，竟无语凝噎。

半小时后，门被拉开了，儿子带着一阵风雨，跨进了门槛。手里提着一个塑料袋。他接过，塑料袋里是一个餐盒，他取出，还热乎乎的。打开一看，竟是香味入鼻的炒螺蛳。

　　"我是上对面饭店买的，"儿子抹了抹头发、脸颊上沾上的雨水，说，"黄酒倒上吧，爸，今天我哪都不去，我陪您，吃炒螺蛳，也聊聊爷爷，聊聊您愿聊的话题……"

　　他眼眶一热，赶紧转过身去，捏起一只螺蛳吮吸，支吾地说道："嗯，真香。"之后，好半天说不出话来……

　　（创作于 2019 年。以父亲爱吃炒螺蛳为细节而构思，寄寓了思念之情和对孝的传扬之心。）

栀子花香

　　老谢头一回到家，就嚷嚷开了。为什么呢？说来好笑，一只用了将近二十年的搪瓷痰盂不翼而飞了！

　　哪个活得不耐烦了？连这破痰盂也看不顺眼："老太婆！老太婆！"没人应声。

　　见鬼了！老太婆不是才挽着篮子上菜场了吗？瞧自己的死记性。

　　老谢头撩起床单，喘着粗气伏下身子，往床肚子里瞪眼。什么也没有。谁会手痒痒得动这玩意呢？他气呼呼地咽下唾沫。突然一个念头升起："要不是……肯定是这小子，作弄老子！"

　　几天前，那还念着高一的小儿子佳佳就没大没小地唠叨："早该换了，这破痰盂。"老太婆跟着帮腔。老谢头啐了一口，道："你这小家伙，钱赚了几个？！口气不小！我是当家人，一张钞票都得分成两半用哩！""可太腥臊了！"佳佳嘀咕道。

　　臭？老谢头才不认为呢。虽说，那痰盂破得不成样了，但还可以将就着用呵，吐痰，夜半权做便壶，难得的，哪儿漏了用油石灰粘粘。粘不住，再用伤筋膏药贴它几层，怕臊！把窗户全打开不就得了！大半辈子不就是这样过来的嘛，现在的年轻人呐！

老谢头越想越气恼，只觉得喉咙怪痒，想吐，没有痰盂！回来，哼，好好收拾你这乳臭未干的！他狠狠瞪了一眼镜框里的佳佳的相片。

走进厨房，怪了，门边分明放着一个亮晃晃，显然才买的痰盂。莫不是眼睛看花了？他捧起痰盂，从内到外，直看了个透。谁买的？老太婆？自说自话！

不多时，老太婆进得门来，莫名其妙地遭到了一顿臭骂。

"哎呀，你这老头，这痰盂哪是我买的，是你儿子买的。"老太婆连忙解释。

"他哪来的钱？"他吼道。

"平常的零用钱节省下来的！"

他懵了。还未缓过神来，又听说道："你用劲闻闻，这屋子有股啥味。"他使劲抽着鼻子嗅。

"有，嗯，香。"

"你上阳台看看去。"

他好奇地走上阳台。

好香呵！咦，痰盂不是在阳台上吗？所不同的是那痰盂里装满了泥土，供养着一盆纯白如银的花骨朵儿，那正是自己十分喜爱的栀子花呀！没想到，这小家伙……

老谢头咧开嘴呵呵笑了起来。

（创作于 1983 年。受父亲在阳台上培育栀子花启发灵感。）

附3：父亲年表

1932 年 11 月 11 日

出生于江苏扬州

1939 年—1943 年

在扬州江都砖桥公社务农

1945 年—1956 年

到上海,在上海南市区(现已并入黄浦区和浦东新区)
小东门当学徒、打工

1956 年—1961 年

在上海港一区做修理工

1961 年—1982 年

在上海港煤炭装卸部,为抓斗组组长

1992 年 12 月 1 日

退休

工作期间,多次获得交通部,上海市和上海港务局
的劳动模范、五好职工、先进生产者、党员标兵等各种
荣誉称号。

附4：作者对父亲的致悼词

各位领导、各位亲属、各位朋友：

　　非常感谢你们百忙之中参加我父亲的追悼会。

　　我父亲是一个从小受苦，对党和人民有着十分朴素的忠诚挚爱的老工人、老劳模。自我有记忆起，父亲就常常夜以继日地工作，没有休息天，兢兢业业、勤勤恳恳、任劳任怨，不计个人得失，对待人热情和善、乐于助人，与同事、亲属和邻居和睦相处，正直、诚实的人品赢得

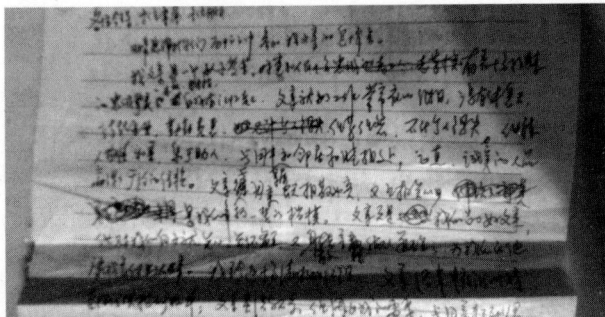

了他人广泛的信赖。父亲与母亲既相敬如宾，又互相关
心，是我们年轻一辈的楷模。父亲更是我们的好父亲，
他对我们自小就关怀备至，又身教言传做人的道理，为
我们的健康成长付出了艰辛。我至今还十分清晰地记得：
父亲经常半夜被叫醒，赶到码头抢修抓斗，父亲虽识字
不多，但因为我的需要，与母亲赶到很远的书店，为我
购置了一套当时费用比较昂贵的历史书；几年前，我在
医院因高烧挂盐水，父亲与母亲急急忙忙赶来探望我……
这许许多多的情景，我无法忘却，我永远不会忘却。

父亲三年前突然患上重病，昏迷一个月后，全身瘫
痪，又切了气管，不能动，不能说，只能通过胃管进食。

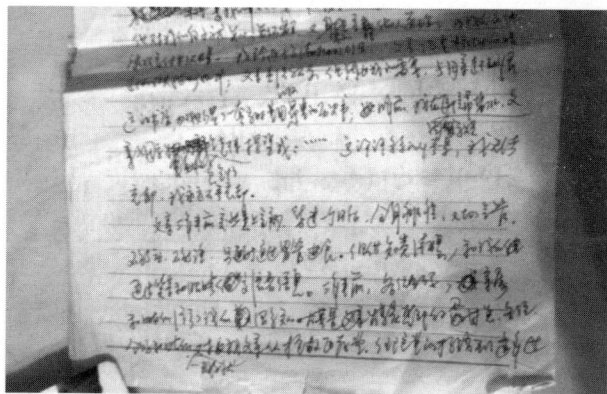

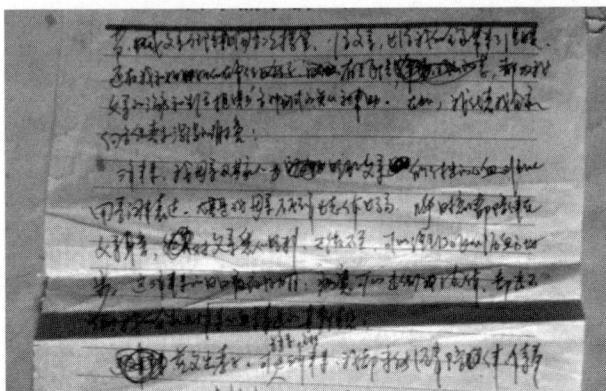

但他知觉清醒，和我们通过笑容和眼睛交流着信息。三年半来，各位领导、亲属、同事和朋友们给予了我们很多关心，尤其是煤炭装卸公司甘总。从一开始对我父亲抢救医药费、住院费的报销，到逢年过节的慰问，包括父亲住院期间的多次探望，给父亲，也给我们全家带来了温暖。还有我和姐姐的单位和有关医院等，都为我父亲的治疗和生活提供了各种形式的关心和帮助。在此，我代表全家向各位表示深深的谢意！

三年半来，我母亲及其他家人为照顾父亲所付出的心血难以用言语来表达。尤其是我母亲不顾年也老、体

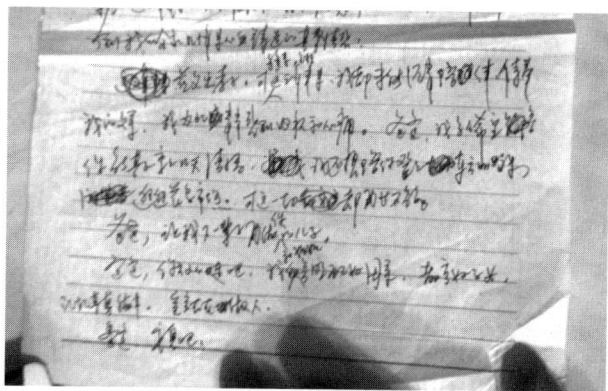

已弱，几乎时刻都陪伴在父亲身旁，对父亲悉心照料，无微不至，可以说到了呕心沥血的地步，这三年来的日日夜夜证明：病魔可以击倒肉体，却击不倒我们全家几十年来心血铸造的真挚情感。

慈父出孝子。可多年来，包括这三年半来，我都未能经常陪伴、侍奉我的父亲，我为此常常感到内疚和心痛。爸爸，我多么希望能陪你真正享上几天清福，我还想陪你登上东方明珠，逛逛花鸟市场……可这一切却再也没有可能。

爸爸，让我下一辈子再做你的儿子！

爸爸，你放心走吧，我和姐姐们会照顾好母亲，教育好子女，认认真真做事，实实在在做人。

爸爸，安息吧！

（于 2000 年 3 月 27 日在父亲追悼会上。）

跋

　　父亲离开我们，已快20年了。这20年来，我对父亲的思念愈来愈强烈，对未能好好地照顾父亲，也愈来愈自责，对应该奉养父亲的时候，却没能用心尽力，感到极其愧悔和遗憾！子欲养而亲不待的深深痛楚，也时时伴随着我。无论如何，时至今日，我自认为此生是不成功之人。写过一首小诗，叫作《半生的悔事》。

　　黑夜总是透亮如刀，让我
　　心口疼痛之至

　　想起半生的悔事，我的昨天
　　就与我的今日对峙
　　我的灵魂无地自容
　　月光也撕破了我的身子

　　阳光下也有迷雾
　　有一种成功叫作少做不做傻事
　　我小心翼翼，如踩在国境的两边

白天应该让夜晚踏实

但终究有遗憾和伤悲
将我的清醒噩梦般的针刺

这一晚，度夜如年
我浑身星星般灼痛
也与星星一同失眠。

其重要的因缘，就是对父亲晚年时疏于照拂的一种心情。

我一直在想，父与子究竟是怎样的一种感情状态，也许千万对父子各有不同，但总有一些相对共性的特征，于是我写了小诗《有的爱》，也记录了自己心中的思考。随意写下了父与子画像：1.没有发生的对话：真正要理解自己的父亲是什么时候？应该是你也有了儿子的时候。也不对，应该是父亲永远走了之后。2.年幼时总觉得父亲高大，像神，无所不能。后来觉得父亲也是人，愈来愈需要儿子的支撑，敬重也愈来愈深。3.任何时候，父亲虽然话语不多，目光也未投向你，但你始终在他心里。4.父亲看着一个英雄长成，儿子看着一个英雄进入黄昏。父与子天生是英雄相惜。5.形似在外，神似在内，真正的父子，总是一脉相承。

我或许还无悟透和阐述这种关系的境界和能力，但我还会将这份认真和情感在未来的时光中继续。

父亲不是伟大的人，也不是一位大英雄。但他在平凡的生活和工作中，尽力做出了自己的成绩，这真是平民劳模闪光的品质。同时，他又尽心尽责，赡老爱幼，可谓忠孝两全，关爱这一家子，里里外外一把手，从这点上说，父亲是成功的。他在我的心中是伟大的，属于真正的英雄。

祝天下的普通劳动者都好人有好报。祝父亲在天堂快乐圆满。我们在梦中相见并互相为对方祈福，也在思念中重逢和寄托心愿。我们也终将拥有在天堂相聚，并亘古不变的那一天！

父亲，我爱你！

儿子：师林（安谅）

（写于 2019 年 12 月 22 日冬至，由扬州返沪的火车上。）

注：师林为作者本名。